Γεωργία Σταυριανέα

ΤΟ ΚΟΚΚΙΝΟ ΠΑΠΟΥΤΣΙ

και δέκα σκανταλιάρικα
διηγήματα

FYLATOS PUBLISHING

FYLATOS PUBLISHING

ΓΕΩΡΓΙΑ ΣΤΑΥΡΙΑΝΕΑ

ΤΟ ΚΟΚΚΙΝΟ ΠΑΠΟΥΤΣΙ

και δέκα σκανταλιάρικα
διηγήματα

Εκδόσεις Φυλάτος
Fylatos Publishing
MMXIV

ΑΝΤΙ ΠΡΟΛΟΓΟΥ

Ο δημιουργός παλεύει με ουσία σκληρή, αόρατη, ανώτερη του, κι ο πιο μεγάλος νικητής βγαίνει νικημένος. Για πάντα το πιο βαθύ μας μυστικό, το μόνο που άξιζε να ειπωθεί, μένει ανείπωτο. Δεν υποτάσσεται ποτέ αυτό στο υλικό περίγραμμα της τέχνης. Πλαντούμε στην κάθε λέξη, βλέπουμε ένα δέντρο ανθισμένο, έναν ήρωα, μια γυναίκα, το άστρο της αυγής και φωνάζουμε: Αχ! και τίποτ' άλλο δεν μπορεί να χωρέσει τη χαρά μας. Όταν το Αχ! αυτό θελήσουμε, αναλύοντάς το να το μεταδώσουμε στους ανθρώπους, να το σώσουμε απο την ίδια μας τη φθορά, πως εξευτελίζεται σε λόγια αδιάντροπα, βαμμένα γεμάτα αέρα και φαντασία.

"Ν. Καζαντζάκης"

Σε όλους τους Αγαπημένους μου που
έχουν φύγει από τη ζωή, μ' ένα γλυκό
ευχαριστώ για όσα για όσα με δίδαξαν.

ΠΕΡΙΕΧΟΜΕΝΑ

ΤΟ ΚΟΚΚΙΝΟ ΠΑΠΟΥΤΣΙ

Το τηλέφωνο χτυπούσε ασταμάτητα. Κάθε μέρα τις ίδιες ώρες, οι ίδιες κλήσεις, από τους ίδιους αριθμούς. Που και που ο αριθμός άλλαζε έτσι για τη μπλόφα, αλλά η Τερέζα και ο Δροσογιάννης ήταν καλοί παίχτες. Σιγά μη τους κορόιδευαν οι εισπρακτικές και οι μεθοδεύσεις τους. Αστείο πράγμα. Εκτός από επώνυμες κλήσεις και πάντα επιλεγμένες, (σε όσους δηλαδή δε χρώσταγαν), δεν απαντούσαν σε κανένα απολύτως τηλεφώνημα.

Ο Γιάννης Δρόσος τον οποίο όλοι φωνάζουν Δροσογιάννη που είναι άλλωστε και το καλλιτεχνικό του, είναι ζωγράφος και μάλιστα πολύ καλός.

Θύμα της «κρίσης» κι αυτός, όπως οι περισσότεροι στο νησί, χρωστάει.

Χρωστάει παντού. Στεγαστικό, καταναλωτικό, εφορία, ΔΕΗ. Οι διαταγές πληρωμής έχουν γίνει φεϊγβολάν στο κτήμα τους και οσονούπω πλησιάζει η ώρα της κατάσχεσης.

Εκείνο το πρωί ο καλλιτέχνης, είχε πάει μέχρι το πολιτιστικό κέντρο της κοινότητας, όπου είχε εκθέσει μερικά από τα υπέροχα έργα του, μήπως και ο διάβολος έσπαγε το πόδι του ώστε κάποιος να αγοράσει κανέναν πίνακα για να πληρώσει τη ΔΕΗ. Γιατί, θέμα χρόνου ήταν να του κόψουν το ρεύμα.

Επαρχία όμως και τα πράγματα δύσκολα, ποιος να αγοράσει έργο τέχνης, ακόμα κι αν αυτό πωλείτο σε τιμή απαράδεκτα χαμηλή για την αξία του.

Κόντευε μεσημέρι και ο Δροσογιάννης δεν είχε φανεί. Η Τερέζα βγήκε στο μπαλκόνι του υπέρο-χου... υποθηκευμένου... αρχοντικού τους, να δει αν έρχεται. Το βλέμμα της πλανήθηκε αφηρημέ-να τριγύρω και σταυροκοπήθηκε. Τι ομορφιά η φύση!

Η ανταριασμένη θάλασσα, με το θυμωμένο μπλε του ουρανού στα χρώματά της, σε συνδυα-σμό με τους «αθάνατους», που φυτρώνοντας με-γαλοπρεπείς σε κάθε γωνιά του νησιού δίνουν με την πράσινη πινελιά τους μια χαρούμενη νότα στη χειμωνιάτικη μελαγχολία, σ' έκαναν να σηκώσεις ψηλά το βλέμμα και να ψιθυρίσεις ευχαριστώ.

Αυτό έκανε και η Τερέζα που ήταν παιδί του θεού.

-Τέρυ... σωθήκαμε! ακούστηκε η φωνή του Δροσογιάννη που φάνηκε να στρίβει από τη γωνία ενθουσιασμένος. Κουνούσε σαν παιδί στο χέρι το πράσινο σκουφί του και το βήμα του έμοιαζε με έφηβου παρά τα πενήντα οκτώ του χρόνια.

Μπήκε στο σπίτι σαν σίφουνας σκορπίζοντας χαμόγελα.

-Τι έγινε; Ρώτησε η Τερέζα, τινάζοντας με την παλάμη της το πανωφόρι του που ήταν γεμάτο πιτυρίδα. Κερδίσαμε κανένα λαχείο; Γιατί τόση χαρά μάτια μου;

-Κάτι τέτοιο γλυκιά μου. Κάτι τέτοιο... είπε χαρούμενος και της τσίμπησε το στρουμπουλό ροδαλό μάγουλο προχωρώντας προς το εσωτερικό του σπιτιού.

-Δρόσο... λέγε... μ' έσκασες! είπε και τον ακολούθησε μέχρι το μεγάλο καθιστικό με τις καρό μπερζέρες.

Ο Δροσογιάννης κάθισε βαθιά στη πολυθρόνα, αφού πρώτα έβαλε ένα τσίπουρο στο μικροσκοπικό ποτηράκι που βρισκόταν πάνω στο δερμάτινο δίσκο και πήρε μαζί του το μισογεμάτο μπουκάλι.

-Ένας φραγκάτος από τη Γερμανία ήρθε και με βρήκε... είπε στη γυναίκα που τον παρατηρούσε με βλέμμα γεμάτο ερωτηματικά.

-Και; Σου χάρισε μερικά χιλιάρικα βρε Δρόσο ο «φραγκάτος»; Πλάκα κάνεις; Μη παίζεις με τον πόνο μου, είπε η Τερέζα σταυρώνοντας τα χέρια της.

-Θέλει να του φτιάξω έναν πίνακα και θα μου δώσει όσα ζητήσω, είπε σοβαρός. Είδε μια αγιογραφία που έχω κάνει, το "Δείπνο", θυμάσαι; Είχαμε πάρει πολλά χρήματα γι' αυτόν τον πίνακα.

11

Στην Εκάλη είχε πάει, αν θυμάμαι καλά. Με έπαιρνε τηλέφωνο δύο μήνες αλλά δεν το σηκώναμε. Κατάλαβε πως κρυβόμουν από τις τράπεζες και ήρθε στο νησί να με βρει αυτοπροσώπως, μια και βρέθηκε στην Αθήνα για δουλειές...

Η Τερέζα χαμογέλασε πλατιά. Αυτό θα ήταν μια γερή οικονομική ανάσα. Για το "Δείπνο" είχαν όντως πάρει πολλά, για την εποχή, χρήματα. Μια ανάλογη αμοιβή θα τους έκλεινε πάρα πολλές τρύπες. Ο Δρόσος ήταν από τους καλύτερους ζωγράφους. Δεν της έκανε καμία απολύτως εντύπωση ότι κάποιος έφτασε μέχρι το νησί για να τον βρει...

-Και; Ξαναρώτησε η Τερέζα, ...κάτι σε προβληματίζει ή μου φαίνεται;

-Θέλει να φτιάξω έναν Εσταυρωμένο. Έναν μεγάλο πίνακα που θα καλύπτει σχεδόν όλο τον τοίχο... Όμως..., είπε ο Δροσογιάννης και το πρόσωπό του συνοφρυώθηκε.

Ήπιε μονορούφι το τσίπουρο και γέμισε ξανά το ποτήρι, ενώ η Τερέζα παρακολουθούσε, σιωπηλή, ακουμπισμένη στην άκρη της τεράστιας βιβλιοθήκης του καθιστικού.

-Ο Αντώνης... ο πελάτης δηλαδή... έχει εργοστάσιο στην Ευρώπη, στη Γερμανία. Ο πίνακας θα είναι κατά κάποιο τρόπο διαφημιστικός. Χμμ... Εκεί ξέρεις έχω ένα θέμα... είπε και ξεροκατάπιε. Άσ' το Τέρυ, το συζητάμε αργότερα...

-Τελικά ναι... θέλεις να με σκάσεις... απάντησε η Τερέζα και κινήθηκε προς την πόρτα. Εντάξει λοιπόν, δε θα παίξω στο παιχνίδι αυτό. Όταν είσαι έτοιμος να μου μιλήσεις για το «αλλά», γιατί δεν μπορεί ένα «αλλά» υπάρχει στην ιστορία σου, φώναξε με. Σε ξέρω τόσο, μα τόσο καλά μωρέ Δρόσο μου... σε περίπτωση που δεν υπήρχε πρόβλημα, θα είχες ήδη στήσει το καβαλέτο... Τσ... τσ... Πάρε τον χρόνο σου και τα λέμε έπειτα... είπε και κατευθύνθηκε προς την πόρτα μουτρωμένη, γνωρίζοντας με βεβαιότητα πως πριν προλάβει να περάσει τη γραμμή, ο Δροσογιάννης θα την είχε γυρίσει πίσω.

-Έλα σουλτάνα μου... Έλα εδώ να σου πω, είπε και την τράβηξε από το χέρι βάζοντας την να καθίσει πάνω στα πόδια του.

-Ξέρω μάτια μου πως είσαι θρησκευόμενη..., της είπε με τρυφερότητα, κι εγώ άλλωστε είμαι. Αλλά αυτή τη στιγμή δες τη σαν προσφορά εκ των Άνω. Είμαστε στο όριο. Θα μας κόψουν το ρεύμα, θα μας πάρουν το σπίτι. Η σύνταξη μου δε φτάνει ούτε για το φαγητό μας καλά καλά. Με αυτά τα χρήματα, τα οποία είναι προσφορά από το Θεό τον ίδιο, θα αναχαιτίσουμε τα χρέη μας για μεγάλο διάστημα. Στη συνέχεια, πάλι έχει για μας ο Θεός, είπε και ταυτόχρονα σταυροκοπήθηκε.

-Δρόσο! είπε αυστηρά η Τερέζα, στο κυρίως θέμα σε παρακαλώ, άσε τις τσιριτζάντουλες, κάτι δε μου αρέσει σε όλα αυτά που ακούω.

-Ωραία λοιπόν, είπε ο Δρόσος και πήρε μια βαθιά ανάσα. Λοιπόν, ο πελάτης μου, που όπως σου είπα έχει μεγάλη παραγωγή παπουτσιών στην Ευρώπη... θέλει ο «Εσταυρωμένος» που θα του ζωγραφίσω... Χμ..., καθάρισε το λαιμό του κοιτάζοντας στα μάτια την Τερέζα, θέλει, λέει..., να φοράει κόκκινα αθλητικά παπούτσια, της εταιρείας του εννοείται. Ο πίνακας θα χρησιμοποιηθεί και στη διαφήμιση που θα ανεβάσει σε όλο τον πλανήτη. Φαντάζεσαι για τι προβολή μιλάμε, είπε τέλος με τον ενθουσιασμό μικρού παιδιού.

Η Τερέζα έγινε κόκκινη σαν παπαρούνα και τα μάτια της έγιναν βόλια. Ο Δρόσος είχε δίκιο που δίσταζε να της αποκαλύψει την «επιθυμία» του πελάτη του. Η Τερέζα ήταν θρησκόληπτη πέρα από τα όρια. Λιβάνιζε δύο φορές τη μέρα και το σπίτι ήταν γεμάτο εικονίσματα τα περισσότερα από τα οποία ήταν έργα δικά της. Η Τερέζα ζωγράφιζε και αυτή, άλλωστε στη σχολή καλών τεχνών στην Ιταλία είχαν γνωριστεί, η μαμά της ήταν Ελληνίδα και ο πατέρας της Ιταλός. Ακολούθησε την καρδιά της και το Δρόσο στην Ελλάδα από μικρό κορίτσι. Είχαν ζήσει μια ζωή αρμονική παρά την υπερβολή της Τερέζας με τη θρησκεία, πράγμα που δεν ενοχλούσε ιδιαίτερα τον Δροσογιάννη.

Τελικά όμως έρχεται η στιγμή που το «πρόβλημα» γίνεται πραγματικό πρόβλημα και για το ζευγάρι αυτό, η στιγμή δυστυχώς είχε έρθει.

-Και μόνο που το συζητάς είναι αμαρτία, του επιτέθηκε χωρίς ενδοιασμό. Πώς τολμάς να ονομάζεις προσφορά από το Θεό αυτή την προσβολή; Στη θέση σου θα έκανα μήνυση σ' αυτόν τον Αντώνη, για την πρόταση και μόνο, κραύγασε η μαινόμενη Τερέζα.

-Ηρέμησε βρε κορίτσι μου. Λογικέψου. Στην τελική, η αμαρτία... αν το θεωρήσουμε αμαρτία...

δεν είναι δικιά μου. Του πελάτη είναι. Εγώ εκτελώ την παραγγελία, αυτό μόνο κάνω. Και τσαρούχια να ήθελε εγώ θα τα έφτιαχνα. Μια δουλειά είναι και οι καιροί είναι χαλεποί... να πούμε κι ένα ευχαριστώ.

-Και αν ή παραγγελία έλεγε να σκοτώσεις κάνα δύο ανθρώπους θα το έκανες Δροσογιάννη; Και... δεν είμαι το κορίτσι σου. Αν συνεχίσεις... και μόνο να το συζητάς, σηκώνομαι αυτή τη στιγμή και φεύγω... σ' εγκαταλείπω... τσίριξε και στάθηκε απειλητικά απέναντι του.

-Δεν είναι το ίδιο Τέρυ. Μην εξισώνεις πράγματα που δεν ισχύουν. Αλίμονο, δεν προτίθεμαι να σκοτώσω κανέναν. Τέχνη κάνω. Αν νομίζεις όμως, πως μπορείς να πετάξεις τόσα χρόνια της ζωής μας στα σκουπίδια, μόνο και μόνο γιατί προσπαθώ να μας σώσω από την κατάσταση που βρισκόμαστε, τότε στο καλό... και να μη μας γράφεις, αποκρίθηκε θιγμένος και θυμωμένος από το ύφος της. Περίμενε σαφώς αντιδράσεις από τη θεούσα γυναίκα του, αλλά όχι κι έτσι...

Η Τερέζα πήρε μια τσάντα με μερικά ρούχα και το ίδιο βράδυ χτύπησε την πόρτα πίσω της θυμωμένη. Θα έμενε του είπε στην ξαδέλφη του τη Ντίνα μέχρι να αποφασίσει αν θα απορρίψει ή όχι αυτή τη δουλειά, η οποία Ντίνα επίσης του μήνυσε πως δεν ήθελε να τον ξέρει αν έφτιαχνε το Χριστό με κόκκινα παπούτσια πάνω στο Σταυρό...

Το νέο γρήγορα διαδόθηκε στη μικρή επαρχιακή κοινωνία και την επόμενη μέρα στο καφενείο, την είχαν «στήσει» στον Δροσογιάννη.

-Τι νέα αδελφέ; ρώτησε ο βιβλιοπώλης Αργύρης, καρδιακός φίλος του Δροσογιάννη που σχεδόν κάθε πρωί πίνανε μαζί τον καφέ τους.

-Καλά, αποκρίθηκε ξερά και με το βλέμμα του αναζήτησε τον Αποστόλη τον καφετζή.

-Τι κάνει η Τερέζα;

-Καλά είναι...

-Στο σπίτι είναι; Συνέχισε τις ερωτήσεις ο Αργύρης.

-Τι είναι φίλε; Γιατί τόσες ερωτήσεις πρωί πρωί; Ρώτησε με τη σειρά του, ο Δρόσος ενοχλημένος από το ύφος του Αργύρη.

-Κάτι πήρε το αφτί μου... Από ενδιαφέρον ρωτώ, αδελφός είσαι.

-Αδελφέ... δε θέλω να το συζητήσω. Αποστόλη, ένα διπλό ελληνικό... φώναξε αποφεύγοντας το βλέμμα του Αργύρη, ενώ με την άκρη του ματιού του έπιασε τη φιγούρα του Γιώργη που μπήκε κι αυτός στην παρέα απρόσκλητος όπως πάντα.

-Γκούντ μόρνινγκ γκάυς. Τι μούτρα είναι αυτά; Μίλησε με το εκνευριστικό του ύφος ο Γιώργης.

-Μας αφήνεις που έχουμε να πούμε κάτι; Είπε ο Αργύρης δείχνοντας του το διπλανό τραπέζι.

Ο Γιώργης χωρίς να χάσει το χαμόγελο από το αξύριστο πρόσωπό του και σαν να μην άκουσε τα λόγια του Αργύρη, ξετύλιξε από το λαιμό του το καρό «μπέρμπερυ», το κρέμασε στην πλάτη της ψάθινης καρέκλας και κάθισε απέναντι από τον Αργύρη.

-Τι έχετε να πείτε; Για τον... «παπουτσωμένο»; Είπε ειρωνικά κοιτάζοντας στα μάτια τον Δρόσο.

-Γιώργη! τον επέπληξε ο Αργύρης.

-Τι είναι; Τι έπαθες; Ξέρω πως η Τερέζα κοιμήθηκε στης Ντίνας, και τον λόγο επίσης τον ξέρω. Η Μαρία η γυναίκα μου, είχε μίτινγκ με τη Φρόσω, στην κουζίνα μας, αξημέρωτα. Μιλάγανε δυνατά, ορκίζομαι πως δεν κρυφάκουγα. Να ξέρεις Δροσογιάννη εγώ μαζί σου είμαι. Άσε τις γυναίκες να λένε βλακείες για αφορισμούς και κόλαση. Κόλαση είναι να σου πάρουνε το σπίτι. Χειροπιαστή και γήινη κόλαση. Έπειτα οι ευκαιρίες τη σήμερον είναι σχεδόν ανύπαρκτες. Ή την αρπάζεις ή έχασες!

-Τι λες μωρέ; Τον αγρίεψε ο Αργύρης και το μάτι του γυάλισε. Ποιος ζήτησε τη γνώμη σου; Μάθε λοιπόν πως δεν μπορούμε να ξεπουλήσουμε τα πιστεύω μας για το χρήμα. Η ασέβεια απέναντι στα Θεία είναι κολάσιμη πράξη.

-Κολάσιμη πράξη είναι να αφήνεις να σου πάρουν το βιός. Και τι έγινε αν φορέσει ένα κόκκινο παπούτσι ο Χριστός; Κακό είναι; Παπούτσια θα φορέσει όχι κουδούνια. Αν ερχόταν σήμερα δε θα φόραγε σταράκια αντί για σανδάλια; Επέμεινε ο Γιώργης.

-Τι λες; Τι ακούνε τα αφτιά μου;

Ήλθε στην παρέα και ο Αποστόλης που ακούμπησε το δίσκο με τους καφέδες πάνω στο τραπέζι και τραβώντας την καρέκλα κάθισε απέναντι στο Δρόσο.

-Ο Χριστός με σταράκια; Βλαστημάς, κόφτο εδώ μέσα... σου το απαγορεύω! του είπε αυστηρά.

Ο Δρόσος δε μιλούσε. Κοιτούσε μια τον ένα

17

μια τον άλλο χωρίς να πει λέξη. Δεν τον άφηναν άλλωστε.

-Γιατί; Τα παπούτσια είναι βλαστήμια; Έλα Χριστέ μου! σταυροκοπήθηκε ο Γιώργης.

-Μη... μη... τον πιάνεις στο στόμα σου το Χριστό, όχι μετά από όσα είπες... εντάξει; Είπε ο Αργύρης και χτύπησε το χέρι στο τραπέζι.

-Μπαρντόν; Αντιγύρισε ο Γιώργης που είχε αρχίσει να χάνει το χαμόγελό του. Από πότε θα σου πάρω την άδεια για να κάνω το σταυρό μου;

-Από τότε που βλαστημάς τα θεία, πετάχτηκε ο Αποστόλης και τράβηξε απαξιωτικά το χέρι του για να μην τον ακουμπήσει ο Γιώργης, που χειρονομούσε καθώς απευθυνόταν στον Αργύρη.

-Είσαι βλαμμένος. Πότε βλαστήμησα τα Θεία, μου λες ρε μαλάκα; Ήταν η απάντηση του Γιώργη και η σπίθα ταυτόχρονα, που πυροδότησε την κατάσταση. Ο Αργύρης σηκώθηκε πάνω ρίχνοντας την καρέκλα με θόρυβο στο πάτωμα. Ο Γιώργης δεν έχασε λεπτό, στήθηκε απέναντί του και χωρίς δεύτερη κουβέντα του έριξε στα μούτρα μια καλοζυγισμένη γροθιά. Ο Αποστόλης μπήκε στη μέση χτυπώντας το Γιώργη. Ο Δροσογιάννης, μαζί με τους υπόλοιπους θαμώνες του καφενείου, που δεν είχαν καταλάβει ποιος με ποιόν και γιατί μάλωνε, προσπάθησε να τους χωρίσει. Το φινάλε υπέγραψε ο αστυνόμος που έτυχε να περνάει απ' έξω. Μπήκε στη μέση του καβγά και μετά την «πρόχειρη» ανάκριση που έκανε, κατέληξε πως η πέτρα του σκανδάλου χωρίς αμφιβολία ήταν ο

Δροσογιάννης, ο οποίος οδηγήθηκε στο τμήμα για να δώσει εξηγήσεις.

-Η αλήθεια είναι πως εγώ μόνο καλημέρα πρόλαβα να πω. Οι άλλοι μάλωσαν μεταξύ τους. Απορώ γιατί είμαι εδώ, είπε ο Δροσογιάννης στον αξιωματικό υπηρεσίας.

-Εγώ άλλα έμαθα κύριε Δροσογιάννη. Θίχτηκαν τα Θεία και... κύριος υπεύθυνος είσαι εσύ. Μπορώ να μάθω την ακρίβεια του λόγου που έγινε ο καβγάς; Ρώτησε με βλοσυρό ύφος.

-Εγώ πήγα να πιω τον καφέ μου κύριε αστυνόμε. Έπειτα ήρθε στο τραπέζι ο Αργύρης μετά ο Γιώργης, ο Αποστόλης για να φέρει τους καφέδες και πιάστηκαν στα χέρια. Δικό τους είναι το πρόβλημα και όχι δικό μου.

-Χμμ... έτσι ε; Και ο Χριστός τι δουλειά είχε στην υπόθεση; Ρώτησε ο αξιωματικός ξύνοντας το πιγούνι του με το κιτρινισμένο από τον καπνό δάχτυλό του.

-Ακούστε..., είπε ο Δροσογιάννης εκνευρισμένος. Είναι κάτι προσωπικό που κακώς έγινε δημόσιο θέμα. Αυτό δεν αφορά το νόμο. Εγώ δεν άγγιξα κανέναν και δεν είπα κουβέντα σε κανέναν. Αν δε με αφήσετε θα έχετε πρόβλημα παράνομης κράτησης. Παρακαλώ να φέρετε εδώ τον Αργύρη τον βιβλιοπώλη και το Γιώργη τον προποτζή να βεβαιώσουν όσα σας δηλώνω..., δήλωσε με αυστηρότητα ο Δρόσος.

-Δε θα μου πείτε εσείς κύριε τι θα κάνω. Εγώ είμαι ο νόμος, απάντησε με έντονο ύφος ο αστυνόμος. Λίγο κρατητήριο θα σε κάνει να σκεφτείς

19

καλύτερα και να μου πεις τι ακριβώς σου συμβαί-
νει... και τι σου έφταιξε ο Χριστός τον οποίο βλα-
στημούσες..., είπε και χωρίς δεύτερη κουβέντα
έδωσε εντολή στον χωροφύλακα να οδηγήσει τον
Δρόσο στο κρατητήριο. Αλλά από άνθρωπο στην
ηλικία σου με κοτσίδα και σκουλαρίκι τι να περι-
μένει κανείς; Μουρμούρισε απαξιωτικά, εκφράζο-
ντας την αποδοκιμασία του στην εκκεντρική εμ-
φάνιση του ζωγράφου.

Θα είχαν περάσει δύο με τρεις ώρες, αν μπο-
ρούσε να κρίνει από το γουργουρητό στο στομάχι
του ο Δρόσος, όταν μπροστά από τα κάγκελα έκα-
νε την εμφάνισή του ο πατήρ Ευγένιος.

Τον παπά - Ευγένιο τον γνώριζε ελάχιστα προ-
σωπικά, αλλά είχε ακούσει από την Τερέζα τα κα-
λύτερα γι' αυτόν και για το θεάρεστο έργο του.
Όμως η σκέψη "Τερέζα" και μόνο τον εξαγρίωνε.
Πώς μπορούσε η γυναίκα που πέρασε μια ζωή μαζί
της, να τα διέγραφε όλα με μια μολυβιά; Να τον
εκθέσει τόσο αβασάνιστα σε όλο το χωριό; Τελικά
η Τερέζα του, ήταν πολύ περισσότερο «βαρεμένη»
με τις εκκλησίες από όσο ο Δρόσος φανταζόταν.

-Τι έγινε Δρόσο παιδί μου. Τι έμαθα; Εσύ πάντα
ήσουν ευσεβής. Πώς μπήκε μέσα σου ο αντίχρι-
στος; Δεν πίστευα στα αφτιά μου όταν το άκουσα,
είπε, μπήκε στο κελί και κάθισε δίπλα του μουρ-
μουρίζοντας ξόρκια.

-Παππούλη, τίποτα δεν έπαθα... απάντησε ορ-
γισμένος ο Δρόσος. Άσε με ήσυχο μη πληρώσεις
τα σπασμένα εσύ.

-Θεός φυλάξει παιδί μου. Τι σου συμβαίνει; Άνοιξε μου την καρδιά σου κι εγώ θα ξορκίσω από μέσα σου τον "ξαποδώ". Η Τερέζα με παρακάλεσε να έλθω να σε διαβάσω..., είπε κι από την τσάντα του έβγαλε το πετραχήλι.

Αυτό ήταν. Ο Δροσογιάννης σηκώθηκε όρθιος και με μια μόνο κίνηση σήκωσε στον αέρα τον «πάτερ» κρατώντας τον από τα ράσα.

-Αν θέλεις να ξορκίσεις οπωσδήποτε κάποιον να ξορκίσεις πρώτα τη γυναίκα μου κι έπειτα όλο το χωριό πάτερ. Έχετε σοβαρό θέμα κι εσείς και τα Θεία σας. Ευτυχώς που δε ζούμε στον Μεσαίωνα. Άι σιχτίρι λοιπόν αφήστε με ήσυχο, ούρλιαξε με το πρόσωπο κολλημένο στο πρόσωπο του έντρομου παπά. Στη συνέχεια τον έριξε σαν τσουβάλι πάνω στο κρεβάτι και με μια δρασκελιά βγήκε από το κρατητήριο. Πέρασε από το αστυνομικό γραφείο και βρέθηκε στον δρόμο, χωρίς να συναντήσει καμία αντίσταση από τον αξιωματικό, που παρακολουθούσε τις κινήσεις του εξαγριωμένου Δροσογιάννη χωρίς ανάσα από τον τρόμο του.

Έφτασε στο καφενείο με βιαστικά βήματα. Πίσω από το θολό τζάμι είδε κόσμο γύρω από τα τραπέζια να σχηματίζουν πηγαδάκια ενώ ένα έντονο σούσουρο ακουγόταν από μέσα. Ο Δρόσος ήταν σίγουρος για το θέμα συζήτησης.

Άνοιξε την πόρτα παγώνοντας στην κυριολεξία την εικόνα. Όλοι στράφηκαν προς την πόρτα και τον κοιτούσαν αμίλητοι. Τον έπιασε νευρικό γέλιο.

-Τι είδατε μωρέ, φάντασμα; Ή μήπως τον οξα-

21

ποδώ; Κάγχασε και προχώρησε προς τη μπάρα του καφενείου.

-Συγνώμη αδελφέ, έσπασε τη σιωπή ο Αργύρης. Δεν ήθελα να σε βάλουν μέσα, αλίμονο, μια κουβέντα κάναμε. Εγώ ήλθα στο τμήμα αλλά ο αξιωματικός με έδιωξε. Χαίρομαι που αποκαταστάθηκες, είπε και κινήθηκε προς το μέρος του.

Ο Δρόσος άπλωσε την παλάμη του σταματώντας τον Αργύρη που πλησίαζε.

-Ντροπή σου, ακούστηκε ξαφνικά μια στριγκιά φωνή από το κέντρο της αίθουσας.

Ήταν μια κοντούλα σιτεμένη κοκκινομάλλα, που ο Δροσογιάννης δεν είχε ξαναδεί.

-Ντροπή σου... επανέλαβε θεωρώντας ότι δεν την άκουσε. Ο Ιησούς Χριστός νικάει... συνέχισε κάνοντας ένα μεγάλο σταυρό.

-Ααα.... Δεν πάτε καλά! είπε ο Δρόσος με έμφαση και γύρισε την πλάτη του. Ένα τσίπουρο Αποστόλη, ή μήπως δε σερβίρεις αντίχριστους; είπε γελώντας νευρικά.

Αυτό ήταν! Μέσα στο καφενείο το σούσουρο πήρε διαστάσεις κωμικοτραγικές. Ο καθένας είχε την άποψή του πάνω στο θέμα και καβγάδιζε έντονα με όποιον διαφωνούσε. Κάποιοι δεν ήθελαν τον Χριστό με κόκκινα παπούτσια κάποιοι άλλοι υποστήριζαν ότι η ουσία δεν ήταν στην εικόνα αλλά στον ίδιο τον Χριστό. Μάλωναν μεταξύ τους για κάτι που δεν τους αφορούσε, μέχρι που ξαναπιάστηκαν στα χέρια μόνο που αυτή τη φορά δεν επενέβη ο νόμος αλλά το ασθενοφόρο.

Πέντε τραυματίες, ελαφρά ευτυχώς, μεταφέρθηκαν στο κέντρο υγείας για να συνεχίσουν εκεί τον καβγά βάζοντας στο θέμα και το νοσηλευτικό προσωπικό.

Όσο για το Δροσογιάννη έστησε το καβαλέτο του στην μέση του εργαστηρίου του, απέναντι ακριβώς από το απέραντο γαλάζιο της θάλασσας, χαρούμενος για αυτό που ένιωθε πως ήταν, κι ανακάτεψε καλά καλά με το πινέλο του την κατακόκκινη λαδομπογιά.

ΔΥΟ ΠΑΠΠΟΥΔΕΣ ΚΙ ΕΝΑ ΧΡΕΟΣ

«Εμπρός της γης οι κολασμένοι... της πείνας σκλάβοι εμπρός εμπρός... το δίκιο από τον κρατήρα βγαίνει, σαν βροντή σαν κεραυνός»..., σιγοτραγούδησε, κι ένα γλυκόπικρο χαμόγελο ζωγράφισε τα χείλη του. Η φωτεινή ματιά του πλανήθηκε στην άδεια πλατεία με τα κουτσουλισμένα παγκάκια.

Έγειρε στο πλάι το άσπρο του κεφάλι, και παραδόθηκε σ' έναν γαλήνιο ύπνο.

Γεια σου Σταύρο και κυρ Σταύρο... μέχρι και τραγούδι γράφτηκε για σένα, τι παράπονο να έχεις ρε γαμώτο;

«Αντιστασιακός» είπες; Ναι... Την ακούω συχνά αυτή τη λέξη, και τη λέξη «ήρωας» επίσης. Πες μου όμως, κυρ Σταύρο, τι διαφορά έχει από σένα ο αντιστασιακός που κάθεται και χασμουριέται σ' εκείνο το σκούρο έδρανο της βουλής;

Έκανε λέει αντίσταση κι η πολιτεία περήφανη γι' αυτόν, τον αντάμειψε με μισθό χλιδάτο και θέση περίοπτη. Δίκαιο ακούγεται.

Εσύ όμως πως τα κατάφερες έτσι; Ρακένδυτο σε βλέπω κι άχρωμο.

Η δική σου αντίσταση μπήκε στις εκπτώσεις, ή η δική του; Γιατί δεν μπορεί, κάποιος από τους δύο, κάπου έκανε το λάθος.

Είχα έναν παππού κυρ Σταύρο. Ήταν αντιστασιακός και καμάρωνε πολύ γι' αυτό. Κάποτε στα δύσκολα χρόνια της πατρίδας κάποιοι, που τους λέγανε ταγματασφαλίτες, τον έδειραν αλύπητα.

Μου έδειχνε συχνά τις πληγές στην πλάτη του από το μαστίγωμα των «κακών» σαν να ήταν αξιοθέατο. Τον είχαν κρεμάσει σ' ένα δέντρο στην πλατεία του χωριού και τον χτυπούσαν βάναυσα μπρος τα μάτια της γιαγιάς, που κλαίγοντας τους παρακαλούσε να δείξουν έλεος. Εκείνοι όμως δεν έδειξαν, γιατί «αντί για καρδιά είχαν μια τεράστια πέτρα, ήταν και προδότες»... έτσι έλεγε η γιαγιά μου.

-Ήταν έλληνες οι «κακοί»; Ρώτησα κάποια στιγμή διακόπτοντας την κουβέντα τους με την αθώα μου απορία.

-Σκάσε μου απάντησαν.

-Σκάσε!

Ήταν δηλαδή οι κακοί...

Είχα κι άλλον έναν παππού όμως κυρ Σταύρο. Από ό,τι είχε κατανοήσει το παιδικό μου μυαλό, εκείνος πρέπει να ήταν από τη μεριά των «κακών».

Μια φορά λέει του την είχαν στήσει οι «καλοί» στο ποτάμι. Τον ήθελαν μαζί τους αλλά αυτός αρνιόταν να πάει. Τότε τον έδειραν, τον πέταξαν στα παγωμένα νερά να πνιγεί και του 'κοψαν το ένα αφτί γιατί ήταν «αστός» όπως είχα ακούσει.

-Τι είναι αστός; Ρώτησα κάποια στιγμή διακόπτοντας την κουβέντα τους, «σκάσε» μου είπαν.

-Σκάσε!

Ήταν ο αστός δηλαδή...

Ήταν καλοί άνθρωποι κι οι δύο παππούδες. Μ' αγαπούσαν πολύ και με συμβούλευαν. Ο καθένας με τα δικά του πρότυπα ασφαλώς. Είχαν ωστόσο μια κοινή λέξη που την φύτεψαν βαθιά στο μυαλό μου, τη λέξη «χρέος».

Με μπέρδευαν απίστευτα με τις αντιφάσεις τους. Ο καθένας μου τα έλεγε αλλιώς. Μα πιο πολύ με προβλημάτιζε το γεγονός ότι όταν βρίσκονταν μαζί, οι κατά τ' άλλα αξιολάτρευτοι και καταξιωμένοι παππούδες μου, μάλωναν ασταμάτητα και με πάθος.

Ο ένας αποκαλούσε τον άλλο προδότη κουκουλοφόρο, κι άθεο χαφιέ.

Χειρονομούσαν αφηγούμενοι σκηνές φρίκης ένθεν κι εκείθεν. Σκουριασμένα κονσερβοκούτια που έσκιζαν προδοτικούς λαιμούς, ομαδικές εκτελέσεις, λεηλασίες, εραστές της εξουσίας και αντιεξουσιαστές προδότες.

Ανατρίχιαζα χάνοντας εντελώς το μέτρο του καλού και του κακού. Έκλεινα τα μάτια και εικόνες, που μου ανακάτευαν το στομάχι, περνούσαν μπρος μου. Τους άκουγα με το στόμα ορθάνοιχτο προσπαθώντας μάταια να δικαιώσω μιαν αλήθεια.

Σε μια τέτοια «πολιτισμένη» συνεύρεση κάποια μέρα, το αφτί μου άρπαξε τη λέξη «εμφύλιος».

-Τι είναι εμφύλιος παππού; Ρώτησα.
-Σκάσε! μου απάντησαν θυμωμένοι κι οι δύο παραδομένοι στο μίσος τους.
Καλά... κι ο εμφύλιος «σκάσε» ήταν;
Πέθαναν κι οι δύο ασυγχώρητοι κυρ Σταύρο, αφορίζοντας ο ένας τη ζωή του άλλου, χωρίς να με αφήσουν να καταλάβω ποιος ήταν τελικά ο ήρωας.
Τώρα όμως που το σκέφτομαι, μάλλον εγώ ήμουν ο ήρωας. Γιατί μέσα από αυτή την αντιπαράθεση, μεγάλωσα χωρίς να μπορώ να υπερασπιστώ μέσα μου «το χρέος» που είχα διδαχθεί. Και σήκωσα παντιέρα. Κι αυτή η παντιέρα άλλαζε συνεχώς χρώμα χωρίς να το αντιληφθώ.
Βάφτιζα την πλάνη αγώνα, λεηλατώντας τη νιότη μου κι είχα περηφάνια περισσή γι αυτό.
Ώσπου ανταμώθηκα με την αλήθεια, την αλήθεια σου κυρ Σταύρο.
Όλοι την ανταμώνουμε κάποια στιγμή. Αλλά πώς να ξεφύγεις από τη σκλαβιά του νου; Τις μπάλες της ανάγκης που τις έχεις οικειοποιηθεί τόσο πολύ ώστε ν' αποτελούν κομμάτι της ύπαρξής σου; Μένεις ή φεύγεις;
Εγώ έμεινα. Ακολούθησα τον δρόμο που μου έστρωσαν. Ήταν χορτάτος δρόμος και γυαλιστερός, πώς να τον απαρνηθώ; Τόσον «αγώνα» είχα κάνει. Είδα και σένα και ταράχτηκα. Ήσουν ένας

επαναστάτης αντιήρωας; Ή μήπως ένας δειλός αναχωρητής;

Λάδωσα με επιμέλεια τη συνείδησή μου για να μπορεί να ξεγλιστρά. Σε μίσησα γι αυτό που ήσουν ενώ επιθυμούσα να σε ζηλέψω. Αλλά κι εσύ δεν έκανες τίποτα για μένα. Μ' άφηνες να συγκρίνω το τίποτα με το άπαν.

Κι εγώ είχα διδαχτεί το άπαν.

Πώς να το χαρίσω στο τίποτα;

Μέσα μου μπλέχτηκε ο ένας παππούς με τον άλλον κι οι δυο για το χρέος πάσχιζαν.

Κι εγώ για το χρέος παλεύω, όπως κι εσύ επίσης.

Δεν τόλμησα ποτέ μέχρι σήμερα να ρωτήσω τον εαυτό μου «τι είναι χρέος» κυρ Σταύρο. Φοβόμουν πως... «σκάσε!» είναι το «χρέος», θα μου έλεγε...

ΤΟ ΡΟΛΟΪ ΤΗΣ ΖΩΗΣ

Μια ακόμα «οικογενειακή» βραδιά είχε περάσει γεμάτη συγκίνηση, ευχές, δώρα και μπόλικες κακίες χρωματισμένες με ροζαλί κραγιονασμένα χαμόγελα.

-Άντε ρε, να τα εκατοστίσεις και καλά γεράματα, είπε η Βιβή η νύφη μου την εξυπνάδα της και γέλασε μόνη της.

Πενήντα; Ουάου! αναφώνησε η Ρούλα η ανιψιά μου. Πώς νιώθεις εκεί πάνω θείτσα;

-Μια χαρά, μια χαρά, απαντούσα χαμογελώντας για να μην ουρλιάξω.

Πάρτι έκπληξη για τα πενήντα μου. Με ρώτησε κανείς εμένα αν το ήθελα;

-Όχι!

Κατηγορηματικά όχι, δεν το ήθελα αυτό το πάρτι.

Όπως και να το κάνεις τα πενήντα είναι μια οριακή ηλικία που όσο κι αν ήθελα να το παίξω άνετη η μέσα μου φωνή, η άκαρδη, μου έστελνε χαζοευχές όπως «καλή ψυχή» και διάφορα τοιαύτα. Άσε που οι ορμόνες μου την εποχή αυτή έπαιζαν μπιλιάρδο με τη διάθεσή μου.

Προκλιμακτήριος γαρ και οι καιροί δύσκολοι. Για να μην επισημάνω και τη δυστυχία της μοναξιάς. Μια μοναξιά που δε θα την αντιλαμβανόμουν, αν δε φρόντιζαν να μου τη θυμίζουν, καθημερινά, οι γύρω μου αποδοκιμάζοντας εμμέσως τις επιλογές μου, ή δημιουργώντας αντίβαρο για τις δικές τους. Όπως και να είχε, ήμουν για όλους μια ατυχής πενηντάρα γεροντοκόρη που λογάριαζε πόσο καιρό είχε να κάνει σεξ.

Ξεκούμπωσα το στενόχωρο τζιν που μου 'κοβε την ανάσα και πέταξα τα πανάκριβα αθλητικά μου παπούτσια σε μια γωνία παρέα με τα πολύχρωμα κουτιά γεμάτα με άχρηστα πράγματα.

Το έργο το είχα ξαναδεί και καθόλου δε μ' ενδιέφερε το περιεχόμενο τους, δεδομένου ότι τα περισσότερα δώρα ήταν από αυτά που κάνουν συνήθως τον κύκλο από γενέθλια σε γενέθλια από γιορτή σε γιορτή και από γάμο σε γάμο. Πιθανότατα ανάμεσα σ' αυτά τα ανακυκλωμένα δώρα να υπήρχε και κάποιο δικό μου ανακυκλωμένο, γιατί ομολογώ πως την ίδια τακτική ακλουθούσα κι εγώ κατά καιρούς.

Πάνω στο τραπεζάκι του σαλονιού, που έμοιαζε με χωματερή ή στην καλύτερη περίπτωση σκουπιδοτενεκές χαίνων, κι ανάμεσα σε κουτιά από πίτσες, αποφάγια, ποτήρια μισοάδεια και πλήθος κουτάκια μπίρας, είδα ένα πολύγωνο κουτί σε χρώμα βυσσινί δεμένο, χιαστί, με τρείς χρωματιστές κορδέλες. Το κοίταξα με απορία καθώς δε θυμόμουν κανέναν από τους αυτοπροσκαλούμενος μου να μου το προσφέρει κατά τη σεμνή τελετή της δωροδοσίας.

Το πήρα στα χέρια μου το κούνησα αλλά δεν άκουσα κανέναν θόρυβο που θα με βοηθούσε να μαντέψω το περιεχόμενο του.

-Βρε μήπως είναι καμιά βόμβα; Σκέφτηκα και χαμογέλασα με την ανύπαρκτη πιθανότητα. Δημοσιογράφος ήμουν αλλά όχι τόσο διάσημη και αντιπαθής που να θέλει κάποιος να με σκοτώσει, το κουτί όμως αυτό δε μου το είχε φέρει κανείς, διάολε θα το θυμόμουν, το σχήμα και το χρώμα του ήταν πολύ χαρακτηριστικό, η δουλειά μου ήταν να παρατηρώ τα πάντα ευγενώς ή αγενώς, συνεπώς η πιθανότητα να μην είχα προσέξει εκείνον, που μου είχε φέρει το κουτί, ήταν μηδενική.

Άφησα το κουτί πάνω στον καναπέ και άρχισα να ρίχνω μηχανικά τα σκουπίδια σε μια μεγάλη μαύρη σακούλα ενώ το μυαλό μου άρχισε να δουλεύει με τη διαστροφή του δημοσιογράφου.

-Όλα τα δώρα, σκέφτηκα, όλα τα δώρα που μου έφεραν στο πάρτι έκπληξη βγήκαν ταυτόχρονα όταν άναψαν τα φώτα κι άρχισε το ευχολόγιο. Δε θυμάμαι τέτοιο κουτί σε κανενός το χέρι. Άρα το κουτί ήταν από πριν εδώ. Κλειδιά του σπιτιού μου έχει μόνο η αδελφή μου, που διοργάνωσε και το πάρτι και ο πρώην μου, που αποκλείεται να θυμήθηκε τα γενέθλια μου όπως επίσης αποκλείεται να έκανε χρήση των κλειδιών μετά τον θυελλώδη χωρισμό μας. Άρα; Ποιος μπήκε στο σπίτι; Με ποιο τρόπο; Και τι περιείχε το κουτί;

Το απλούστερο ήταν ανοίξω το κουτί και θα απαντούσα αμέσως στα μισά τουλάχιστον ερωτήματά μου. Ένας δημοσιογράφος όμως, το λογικά απλό κατά κανόνα, το προσπερνά.

Κοίταξα το ρολόι μου. Κόντευε τρείς και η Νικόλ η αδελφή μου θα κοιμόταν, όμως εγώ δεν μπορούσα να περιμένω μέχρι το πρωί. Πήρα το τηλέφωνο και την κάλεσα.

-Νικόλ... κοιμάσαι;

-Εσύ τι λες; Απάντησε νευριασμένη.

-Ευχαριστώ για το πάρτι, ψιθύρισα.

-Γιατί δε μ' ευχαριστούσες αύριο γλυκιά μου; Τι σου 'κανα η δόλια; Ξέρεις τι ώρα είναι;

-Νικόλ... ένα βυσσινί κουτί, πάνω στο τραπεζάκι του σαλονιού, ποιος το 'φερε;

-Ο Αγιος Βασίλης.

-Πλάκα μου κάνεις;

Εγώ σου κάνω πλάκα; Δε γνωρίζεις τα πράγματα σου; Εκεί ήταν το κουτί σου όταν ήλθα σπίτι. Κοίτα... μετά τα πενήντα αρχίζει το Αλτσχάιμερ. Χα...χα... δε σε βλέπω καλά Χριστινάκι...

- Άι στον διάβολο με τα πενήντα μου, ξέσπασα. Μου τα πρήξατε, ξεφώνισα αγανακτισμένη κι έκλεισα το τηλέφωνο στα μούτρα της Νικόλ. Αμάν πια με τα πενήντα μου!

Κάθισα στον καναπέ και με νευρικές κινήσεις ξέσκισα το βυσσινί περιτύλιγμα τραβώντας βίαια τα κορδόνια. Άνοιξα το πολύγωνο κουτί κι μέσα από μια πολύπλοκη συσκευασία, έβγαλα ένα μακρόστενο πράγμα που έμοιαζε με ρολόι.

Το κοίταξα με απορία μη μπορώντας να κατα-λάβω τι ακριβώς ήταν αυτό. Με το ελεύθερο χέρι ψαχούλεψα τον πάτο του κουτιού, μήπως ανα-καλύψω κάποια κάρτα, αλλά το μόνο που βρήκα ήταν ένα φυλλάδιο οδηγιών γραμμένο στα αγγλι-κά.

Ξεχνώντας προς στιγμήν το πρόβλημα που κυρίως με απασχολούσε, ποιός δηλαδή είχε μπει στο σπίτι και μου άφησε αυτό το παράξενο δώρο, άρχισα να περιεργάζομαι το αντικείμενο συμπλη-ρώνοντας ταυτόχρονα τα πεδία που μου ζητούσε. Ήταν ένα παράξενο παιχνίδι.

Ένα παιχνίδι ζωής έλεγε στο φυλλάδιο.

Όποιος το είχε στα χέρια του έπρεπε να απο-φασίσει αν ήθελε να το κρατήσει η όχι. Προειδο-ποιούσε για επικείμενους κινδύνους που, ομολο-γώ, δεν κατανόησα. Τι κίνδυνο μπορούσε να σου προκαλέσει ένα ηλεκτρονικό χαζοκούτι; Ο προ-γραμματισμός του θα άρχιζε με τις πληροφορίες που ζητούσε, και το ρολόι θα σταματούσε λέει ταυτόχρονα με τη ζωή σου. Μακάβριο μου ακού-στηκε το τελευταίο αλλά καθόλου ανατρεπτικό.

Ζητούσε ημερομηνία και τόπο γέννησης, πλη-ροφορίες οικογενειακές όπως ηλικία γονέων, ηλι-κίες παππούδων, θανάτων άμεσων συγγενών, αι-τίες θανάτου κλπ.

Απαντούσα, χαμογελώντας, τις ερωτήσεις θέ-λοντας να δω που θα το έφτανε.

Στο τέλος πάταγες ένα πράσινο κουμπάκι, που επεξεργαζόταν τις πληροφορίες, και στην οθόνη

35

του εμφανιζόταν η... εκτός απροόπτου... ηλικία θανάτου σου. Με το πάτημα ενός κόκκινου κουμπιού ενεργοποιούσες τον χρόνο που σου είχε απομείνει, το κρεμούσες σε εμφανές μέρος του σπιτιού και η αντίστροφη μέτρηση άρχιζε.

Το πήρα για πλάκα και χωρίς να διστάσω στιγμή, αφού έλεγξα προσεκτικά τις απαντήσεις μου, πάτησα το κόκκινο κουμπάκι βρρ- βρρ- βρρ- βρρ- ...«απομένουν 4.065,86400 ημέρες ζωής»... με πληροφόρησε το μηχάνημα του διαβόλου.

-Μαλακίες, μονολόγησα και το άφησα στην άκρη. Μου ακούστηκε κακόγουστο το αστείο και ένιωσα να θυμώνω. Ποιος ήταν αυτός που μου έκανε αυτή την πλάκα και κυρίως πώς μπήκε στο σπίτι μου;

Είχαν περάσει τρείς μέρες από το βράδυ του πάρτι, όταν επέστρεψα λιωμένη σωματικά και ψυχολογικά από το μίνι ταξίδι που είχα κάνει στο Κάιρο για επαγγελματικούς λόγους.

Σε αντίθεση με την απίστευτη και απερίγραπτη Αιγυπτιακή βρωμιά που είχα αφήσει πίσω μου, βρήκα ένα σπίτι πεντακάθαρο να με περιμένει με την παρέμβαση πάντα της κυρίας Όλγας, που μου φρόντιζε το σπίτι.

Έκανα ένα ζεστό μπάνιο και χώθηκα στον αναπαυτικό μου καναπέ με ένα ζεστό απολαυστικό τσάι μέντας στο χέρι. Πρέπει να με πήρε ό ύπνος γιατί πετάχτηκα από έναν άγνωστο ήχο που ακούστηκε μέσα στο σπίτι, όπως αυτούς που χρησιμοποιούν για τις ανακοινώσεις σε δημόσιους χώρους.

«Ταν, ταν, ταν, ταν»

Ήταν ένας σχετικά γλυκός ήχος που άγγιζε μια γνωστή μελωδία.

«Ταν, ταν, ταν, ταν» να το πάλι!

Ταν, ταν, ταν, ταν... «σου απομένουν 4.062, 86400´´ημέρες ζωής»...

Πετάχτηκα πάνω σαν ελατήριο.

Στον τοίχο απέναντι μου κρεμόταν το ρολόι της ζωής, που αντί για την ώρα έδειχνε ένα νούμερο που κατέβαινε δευτερόλεπτο προς δευτερόλεπτο μ' ένα μακάβριο τικ τακ. Το κοίταξα με τα μάτια γουρλωμένα.

-Ε! αυτό πάει πολύ σκέφτηκα και με αποφασιστικά βήματα κατευθύνθηκα προς το τηλέφωνο.

-Κυρία Όλγα, ποιος σας έδωσε την άδεια να κρεμάσετε στον τοίχο αυτό το πράγμα; Ρώτησα με έντονο ύφος αντί για καλησπέρα.

-Δεν καταλαβαίνω, ψέλλισε τρομαγμένη η φουκαριάρα Όλγα. Δε ξέρω τι μου λέτε...

-Συγνώμη, αποκρίθηκα μετανιωμένη για τον άσχημο τρόπο μου.

Σίγουρα η Όλγα δεν είχε καμία σχέση με αυτό. Η μόνη εξήγηση που μπορούσα να δώσω ήταν, ότι ο πρώην μου ήταν πίσω από το θέμα. Δικό μου το λάθος. Έπρεπε να είχα αλλάξει κλειδαριά.

Πήγα προς τον τοίχο αποφασισμένη να πετάξω στα σκουπίδια αυτό το ηλίθιο πράγμα, όταν το μάτι μου έπεσε στα νούμερα... «σου απομένουν 4.062, 86100´´ ημέρες ζωής».

Έπεσα σαν τσουβάλι στον καναπέ. Είχα χάσει

κιόλας 300 δευτερόλεπτα από τη ζωή μου ξοδεύοντας τα σε μαλακίες. Έκλεισα τα μάτια σφιχτά, τα ξανάνοιξα χωρίς να κάνω την παραμικρή σκέψη και κοίταξα το νούμερο. 4.062, 86096. Τέσσερα ακόμα δευτερόλεπτα με το που ανοιγόκλεισα τα μάτια μου. Έπαθα πανικό. Πήρα κομπιουτεράκι κι άρχισα να κάνω τρελούς υπολογισμούς. Αν κοιμόμουν επτά ώρες, όπως ευλαβικά συνήθιζα χρόνια τώρα, το ρολόι θα έδειχνε 4.062, 60896, δηλαδή μείον 25.200 δευτερόλεπτα, και δυο ώρες στο κομμωτήριο που θα πήγαινα το πρωί που ισοδυναμούσαν με 7.200 δηλαδή 4.062, 53696... Παράνοια!

Δεν πίστευα ποτέ ότι η συνειδητοποίηση κάποιων πραγμάτων μπορεί να γίνει μέσα σε δευτερόλεπτα. Πόσο μάλλον η συνειδητοποίηση του χρόνου που σώνεται απελπιστικά γρήγορα παίρνοντας μαζί του το πολύτιμο «ζωή».

Και από όλα αυτά τα καθημερινά που κάνουν υποκειμενικά τη ζωή πολύτιμη, τι άραγε θέλεις ή μπορείς να αφαιρέσεις, τι να προσθέσεις, και με τι κριτήρια;

Η ζωή μου άλλαξε από τη στιγμή εκείνη. Πρόσθεσα και αφαίρεσα πράγματα.

Πανικός και αφασία μαζί. Δε θα σας περιγράψω τι έπαθα, γιατί σίγουρα «έπαθα». Μόνο μια συμβουλή, αν κάποιος σας δωρίσει ένα βυσσινί πολύγωνο κουτί, πετάξτε το στα σκουπίδια.

Το ρολόι της ζωής κυκλοφορεί ελεύθερο στην αγορά.

ΕΜΒΡΥΟ ΕΝ ΔΡΑΣΕΙ

Γλίστρησα απαλά μέσα στον σκοτεινό διά-
δρομο ακολουθώντας μια πορεία που τε-
λικά δεν ήταν τόσο εύκολη όσο φαινόταν στην
αρχή.

Ελπίζοντας ότι είχα κάνει τη σωστή επιλογή
γονιών και το συμβόλαιο ζωής που χρειαζόμουν,
αφέθηκα στη θαλπωρή και τη γλυκύτητα του χώ-
ρου.

Σε λίγα δευτερόλεπτα θα άρχιζε η διαίρεση
των κυττάρων και η απώλεια της μνήμης μου. Τί-
ποτα δε θα με έδενε πλέον με το χθες. Ένας νέος
κύκλος είχε αρχίσει για μένα.

Όλα στην αρχή ήταν όμορφα.

Λειτουργούσε μόνο το συναίσθημα, δεν είχα
μάτια να δω, ούτε αφτιά ν' ακούσω. Μόνο οι δο-
νήσεις του περιβάλλοντος χώρου ρύθμιζαν τη
διάθεσή μου που ήταν ασφαλώς άριστη, μια και

ήμουν το «ευτυχές» αποτέλεσμα ενός κοινωνικού γεγονότος.

Τα πράγματα άρχισαν ν' αλλάζουν απότομα για μένα, όταν κάποια στιγμή έντονοι κραδασμοί τάραξαν τη γαλήνη μου, καθώς κάτι γινόταν εκεί έξω. Κάποιοι μάλωναν. Ένα κύμα θυμού πλημμύρισε τον χώρο μου. Τα χρώματα, που μέχρι χθες ήταν φωτεινά, άρχισαν να γίνονται σκούρα κι απειλητικά. Τα ήρεμα υγρά που μέχρι τώρα μου πρόσφεραν ασφάλεια και ζεστασιά έγιναν ξαφνικά θορυβώδεις τρικυμίες. Η καρδιά μου δήλωσε την παρουσία της για πρώτη φορά χτυπώντας δυνατά. Ένιωσα τρόμο.

Ήμουν ένα παγιδευμένο έμβρυο σε μια πρωτόγνωρη κατάσταση πανικού.

Συγκέντρωσα όλες τις δυνάμεις που διέθετα στα άκρα μου προσπαθώντας να τα κινήσω. Ήταν ακόμα μικρά κι αδύναμα, όμως κατάφεραν να κάνουν αισθητή τη δυσφορία μου.

Τα φωτεινά χρώματα επανήλθαν με μιας, ήταν δε τόσο φωτεινά που η λάμψη τους με τύφλωνε. Γλυκόλογα έφτασαν σαν μελωδία στ' αφτιά μου και ζεστά κύματα ενέργειας με χαλάρωσαν, καθώς κάτι ζεστό ακούμπησε πάνω στα τοιχώματα της κοιλιάς.

-Τελικά μόνο η αντίδραση κάνει την παρουσία σου αισθητή, είπα στον μικρούλη εαυτό μου, κι αυτό το 'γραψα καλά στο υποσυνείδητό μου.

Σύντομα ο μικρόκοσμος που όφειλα να ζήσω μέχρι την έξοδο, άρχισε να μου γίνεται ασφυκτικός. Αυτό με έκανε να αντιδρώ ελπίζοντας να ελευθερωθώ το συντομότερο δυνατόν. Ήταν το μεγάλο μου λάθος, γιατί η μαμά μου για να ηρεμήσω άρχισε να μου βάζει μουσική. Τη μουσική που της άρεσε φυσικά. Χωρίς να το καταλάβω είχε ξεκινήσει για μένα η «εκπαίδευση». Η μουσική της μου ανακάτευε το στομάχι, γιατί ηχούσε στα αδύναμα αφτιά μου βασανιστικά. Δεν μπορούσα να κάνω τίποτε άλλο από το να αντιδρώ, κι όσο εγώ αντιδρούσα τόσο η μουσική γινόταν συχνότερη. Συμβιβάστηκα και σύντομα το βασανιστήριό μου έγινε συνήθεια. Άρχισα σχεδόν να το αγαπώ.

Το πρόβλημα με τους έξω, ήταν ότι με θεωρούσαν απλά ένα αντικείμενο, αγνοώντας συστηματικά την αντίληψή μου. Κάθε πράξη τους είχε για μένα μια συνέπεια. Άλλοτε η συνέπεια αυτή ήταν καλή κι άλλοτε μου έφερνε δυσφορία και πανικό. Τον πιο μεγάλο πανικό όμως μου προκαλούσε το γεγονός ότι με αγνοούσαν πριν ακόμα με γνωρίσουν. Μάλωναν και ο θυμός
τους μου γεννούσε εφιάλτες, κάπνιζαν και ο καπνός τους έπνιγε την ανάσα μου. Με χάιδευαν αλλά τα χάδια τους έφταναν μεταλλαγμένα ως εμένα. Γιατί ήταν χάδια που χάιδευαν τις δικές τους αισθήσεις και μόνο. Δεν ξέρω πως, αλλά το ένιωθα. Αναρωτιόμουν συχνά αν αγαπούσαν εμένα, ή την αγάπη τους για μένα. Ήμουν άραγε η επιβεβαίωσή τους ή μια ανάγκη της φύσης τους; Τρόμαζα ολοένα πιο πολύ, ταράχτηκα...

41

-Θέλω να γυρίσω πίσω, φώναξα δυνατά.

-Δεν υπάρχει επιστροφή, ήταν η απάντηση από την «άνωθεν» φωνή.

-Μα... μετάνιωσα!

-Πολύ αργά ...Είσαι ήδη στο δρόμο...

-Κι η ελεύθερη βούληση; Ρώτησα απελπισμένα χωρίς φυσικά να περιμένω την απάντηση που επιθυμούσα.

-Ποια βούληση; Η μνήμη σου έχει σβηστεί. Δεν έχεις ακόμα άποψη για να έχεις και βούληση.

-Φοβάμαι, ψιθύρισα.

-Καλά κάνεις και φοβάσαι...

-Τι να κάνω με το φόβο μου;

-Να τον παλέψεις...

-Δε θέλω, αποκρίθηκα με πείσμα.

-Και ποιος σε ρώτησε αν θέλεις;

-Μα, έχω δικαιώματα...

-Τι είναι δικαίωμα;

-Δεν... δεν ξέρω, ένα έμβρυο είμαι ακόμα.

-Αναζήτησέ το λοιπόν...

-Είναι όμορφη η ζωή;

-Εξαρτάται, από ποια πλευρά θα τη μάθεις...

-Μπορώ να διαλέξω;

-Μπορείς...

-Μου εξηγείς;

-Αν θα μάθεις μέσα από τη γνώση ή την εμπειρία...

-Πες μου... Δε θέλω να ρισκάρω.

-Και ποιος σε ρώτησε αν θέλεις;

-Εγώ, ονειρεύτηκα να φτιάξω τον κόσμο...

-Τον ρώτησες αν θέλει φτιαχτεί;

-Όχι, αλλά θέλω εγώ...
-Ποιος σε ρώτησε τι θέλεις;

Η φωνή χάθηκε από μέσα μου. Στη σκέψη μου απλώθηκε νύχτα. Μόνος λοιπόν, εγώ κι εγώ. Άπλωσα το χέρι μου προσπαθώντας να ψηλαφίσω το άγνωστο. Άγγιξα κάτι αιχμηρό που πόνεσε την αφή μου, παράλληλα όμως ένα μεθυστικό άρωμα γέμισε την ανάσα μου μ' επιθυμίες. Μπήκα στον πειρασμό και το ξανάγγιξα αγνοώντας τον πόνο. Όσο ο πόνος ήταν δυνατότερος, το άρωμα γινόταν πιο ελκυστικό. Ενδιαφέρουσα φαινόταν η ζωή.

Είχε έλθει η ώρα που περίμενα εννέα μήνες. Μια πράσινη αχτίδα χάιδεψε το σβηστό βλέμμα μου και μια άλλη πορφυρή φώτισε αχνά το σκοτάδι μου.
-Υπάρχει φως εκεί έξω; Ρώτησα για τελευταία φορά την «άνωθεν» φωνή.
-Μόνο φως υπάρχει...
-Και που είναι;
-Είναι παντού...
-Εγώ γιατί δεν το βλέπω;
-Γιατί έχεις μάτια κλειστά...
-Ανοιχτά είναι, διαμαρτυρήθηκα.
-Τότε... ακολούθησε το φώς. Θα τα ξαναπούμε... είπε κι απομακρύνθηκε καθώς βρισκόμουν σε μια ζεστή αγκαλιά.

-Τη θυμήθηκα ξανά... και ξανά αυτή τη φωνή.

-Ακολούθησε το φώς, έλεγα στον εαυτό μου, ακολούθησε το φώς...

Έπεσα και σηκώθηκα, μάτωσα, παραδόθηκα στα πάθη, ώσπου έμαθα να βαδίζω μόνο με τις αισθήσεις. Ήταν τελικά τόσο απλό; Δε μου χρειαζόταν πια το φως. Δεν είχα έτσι κανένα πρόβλημα, κανένα... εκτός... ότι ζήλεψα με πάθος τα πουλιά.

-Θέλω να πετάξω, είπα κοιτάζοντας ψηλά.

-Πέταξε λοιπόν..., ήρθε η ξαφνικά η απάντηση από τη γνώριμη φωνή.

-Δεν έχω φτερά, δικαιολογήθηκα νιώθοντας ενοχές.

-Όλοι έχουν φτερά...

-Και γιατί δεν πετάνε;

-Φοβούνται τα ύψη...

Τι εννοείς ύψος; Ρώτησα.

-Δεν έχει ορισμό, ούτε όριο.

-Όνομα έχει; Ξαναρώτησα...

-Ναι... Ελευθερία!

Ο ΧΡΗΣΤΟΣ, Η ΛΙΛΗ ΚΑΙ ΤΑ ΡΕΒΙΘΙΑ

-Τι έφταιξε πάλι ρε γαμώτο; Πού κάνω λάθος; Αναρωτήθηκα νιώθοντας το ηλιακό μου να σφίγγεται σαν γροθιά.

Ένα ακόμα εκκολαπτόμενο love story τέλειωσε άδοξα πριν καλά καλά γεννηθεί.

-Ξέρεις; Είπε ο Αντρέας με λυπημένο ύφος, ξέρεις, σε εκτιμώ πολύ. Αξίζεις κάτι καλύτερο από εμένα. Είμαι μπερδεμένος... δε θέλω μια σχέση αυτή τι στιγμή. Εγώ...

-Άσε ρε Αντρέα, το 'χω δει το έργο μωρό μου, τον διέκοψα εκνευρισμένη. Να τη χέσω την εκτίμησή σου μαζί με σένα. Άντε χάσου από τα μάτια μου χαχόλε, που μου το παίζεις και «αυτοθυσία» του είπα απαξιωτικά.

Τον είδα να με κοιτάζει έκπληκτος.

-Τι με κοιτάς ρε; Του επιτέθηκα χωρίς να τον λυπηθώ. Πότε ανακάλυψες ότι δεν είσαι έτοιμος για σχέση; Γιατί άλλα μου 'λεγες προ σεξ. Συνήθως όμως η μεγαλοψυχία, σας πιάνει ακριβώς την επομένη μέρα. Άντε στο διάβολο... μαζί με την εκτίμηση σου..., είπα ανοίγοντας την πόρτα του εν κινήσει αυτοκινήτου και πήδηξα κυριολεκτικά έξω απ' αυτό.

Κοίταξα γύρω μου. Βρισκόμουν κάπου στην Ευελπίδων. Κόσμος πηγαινοερχόταν βιαστικός πλάι μου και κοιτούσε τα δάκρυά μου με οίκτο. Ντράπηκα και χώθηκα μέσα στα σκοτεινά τσιμεντένια στενά της Κυψέλης για να κλάψω με την ησυχία μου.

Το κλάμα κλάμα, αλλά το στομάχι μου άρχισε να δίνει σήματα Μορς. Πεινούσα σαν λύκος και το θέμα έπρεπε να λυθεί άμεσα.

Το βλέμμα μου έπεσε σ' ένα underground οινομαγειρείο. Ήμουν αντί φαν αυτών των μαγαζιών με την γλιτσιάρικη μυρωδιά, καθ' ότι ως busy woman, έτρωγα σχεδόν πάντα σε «in» φάστ φούνταδικα και μουράτες σπαγγετέριες. Άλλωστε δεν ήθελα λαδιές στο πανάκριβο κάζουαλ Τζιν μου. Εκείνη όμως τη στιγμή κάτι μέσα μου λειτούργησε αντίστροφα.

-Γιατί όχι; σκέφτηκα. Δε γουστάρω άλλη εκτίμηση. Θέλω να γίνω μια Κατίνα. Δεν μπορεί κάπου εκεί θα είναι το μυστικό, γαμώτο! Η πολύ αξιοπρέπεια βλάπτει σοβαρά τον έρωτα.

Με τα μάτια πρησμένα από το κλάμα, χώθηκα μέσα στο «Οινομαγειρείον», κατεβαίνοντας με προσοχή τα πέτρινα χρονοφαγωμένα σκαλιά. Η λαδίλα που διαπέρασε την όσφρησή μου και το σκυλάδικο άσμα που τάραξε την καλομαθημένη μου μουσική αίσθηση, μ' έκανε προς στιγμή να πισωγυρίσω. Αναθεώρησα όμως αμέσως. Σημάδεψα με το βλέμμα μου ένα τραπεζάκι με καρό νάιλον τραπεζομάντιλο και κατευθύνθηκα προς τα εκεί.

Στο βάθος του μαγαζιού και κάτω από μια σειρά κρασοβάρελα καθόταν ένας τύπος γκριζομάλλης γύρω στα σαράντα οκτώ. Ένα μικροσκοπικό τραγίσιο μουσάκι στόλιζε το λαδωμένο πιγούνι του. Το βλέμμα του ήταν γλαρό και τα χέρια του γανιασμένα. Πλάι του μια κοπέλα με αλλοδαπή φάτσα και παρδαλό ντύσιμο, χτυπούσε παλαμάκια χωρίς εμφανή τουλάχιστον λόγο και χασκογελούσε χωρίς επίσης εμφανή λόγο, μια και ο εν λόγω τύπος δεν της έδινε σημασία.

Κάθισα στην άκρη του τραπεζιού, κρατώντας απόσταση ασφαλείας από τα περίεργα βλέμματα κι έβγαλα τον καπνό μου παρατηρώντας τα πάντα γύρω μου.

Δεν είχα προλάβει ακόμα να παραγγείλω, όταν μια απίστευτη ατραξιόν άνοιξε την αυλαία της.

-Η κυρία να μη μ' ενοχλήσει παρακαλώ... ακούστηκε μια μπάσα φωνή από το τραπέζι του περίεργου, που είχε καλέσει το εύσωμο γκαρσόνι για συμπληρωματική παραγγελία.

-Ανατρίχιασα. Για μένα το έλεγε αυτό; Ε, όχι ασφαλώς. Κοίταξα πίσω μου.

Μια τύπισσα που θύμιζε αθλητή του σούμο, κατέβαινε τα σκαλιά συνοδευόμενη από μια γηραιά κακοβαλμένη κυρία που φορούσε κάτι που έφερνε σε ρόμπα.

47

Κάθισαν δυο τραπέζια δίπλα από εμένα.

-Θα γίνει χαμός εδώ, είπε η ευτραφής κυρία και χτύπησε το χέρι της στο τραπέζι. Μανώλη κρασί! φώναξε τσιριχτά...

-Μη το κάνεις αυτό Λίλη μου. Η κόρη της Πιπίτσας με το λασπιά. Θεέ μου κατάντια, σταυροκοπήθηκε η γιαγιά με τη ρόμπα, που τελικά όπως έμαθα αργότερα ήταν η κουμπάρα.

Πενήντα πέντε χρονών η Ευαγγελία, Λίλη το καλλιτεχνικό. Παντρεμένη μ' ένα Μήτσο μηχανικό, την ανικανότητα του οποίου να εκτιμήσει την ίδια και το γάμο τους, προσπαθούσε να ξεπεράσει η Λίλη σε ξένες αγκαλιές. Προτίμησή της Κούρδοι και Ινδοί.

Τώρα προτίμηση το λένε αυτό; Ανάγκη το λένε; θα σας γελάσω. Γιατί προφανώς εγώ, σε άλλο πλανήτη ζω.

Τα χαρακτηριστικά της θα έλεγα συμπαθή. Εκφραστικό γαλάζιο βλέμμα και κοκκινόξανθα ξασμένα μαλλιά. Πρόσωπο σε πλήρη εγκατάλειψη, γεμάτο ρυτίδες και μακιγιάζ ξεχασμένο μέρες από το σαπούνι. Δυο τρία σάπια και μερικά ανύπαρκτα δόντια κοσμούσαν το χαμόγελο της. Κατά τ' άλλα... ντίβα η τύπισσα.

Ο Χρήστος, έτσι λέγανε τον... λασπιά, βλέποντας τη Λίλη σε θέση μάχης, άρχισε να προκαλεί την τύχη του θωπεύοντας την αλλοδαπή, κρυφοκοιτάζοντας που και που κι εμένα, που είχα μείνει άφωνη με τα τεκταινόμενα.

-Μια ρεβίθια Μανώλη...και κρασί, έκραξε ο Χρήστος.

-Το κρασί κερασμένο, συμπλήρωσε με προκλητικό ύφος η Λίλη.

-Η κυρία να μη μ' ενοχλεί Μανώλη, επέμεινε ο Χρήστος, και το χέρι του κατέβηκε προς τ' απόκρυφα της αλλοδαπής, η οποία έχοντας πιει μάλλον παραπάνω από τα όρια της, χαμογελούσε με ευχαρίστηση αγνοώντας τον τυφώνα Λίλη που φόρτωνε ολοένα και περισσότερο.

-Θα τον σκίσω το μαλάκα. Εμένα το κάνει αυτό; Άναβε η Λίλη.

-Μη κοκόνα μου. Δεν αξίζει... έσβηνε η κουμπάρα.

-Όπα νινανάι! ο Χρήστος... και παλαμάκια στη θεά του που λικνιζόταν στους ρυθμούς σκορδαλιάς και σκυλάδικου.

-Μου τον ξύπνησες τον γιαμαβλή κουκλάρα μου...Κάτσε κάτω ρε, είπε και έριξε δυο μπατσάκια στο πουλί του. Εβίβα, να ζήσει το κέρατο κι οι κερατάδες, έκραξε σηκώνοντας το ποτήρι ο Χρήστος.

Κράτησα την ανάσα μου βλέποντας τη Λίλη να σηκώνεται μαινόμενη. Με βήματα αποφασισμένου ανθρώπου κινήθηκε προς το τραπέζι του Χρήστου. Εκείνος την παρακολουθούσε ατάραχος με το βλέμμα της αγελάδας. Στράφηκα ανήσυχη προς το γκαρσόνι. Τον κοίταξα ικετευτικά με βλέμμα «κάνε κάτι»! Μου ανταπόδωσε τη ματιά με πλατύ χαμόγελο. Ήθελα να εξαφανιστώ εκείνη τη στιγμή, τι δουλειά είχε το επίπεδό μου σ' αυτό το χαμαιτυπείο; Αλλά έλα που η Κατίνα μέσα μου είχε ξυπνήσει για τα καλά. Κατά βάθος μάλιστα

49

γούσταρα φάση, γιατί στο μυαλό μου πέρασε η εικόνα του Αντρέα.

-Τέτοιες θέλετε μανάρια μου, σκέφτηκα και ηδονή διαπέρασε το κορμί μου, με τη σκέψη και μόνο.

Η Λίλη, που είχε φτάσει στο τραπέζι του Χρήστου, με μια αεροβική κίνηση αρπάζει το πιάτο με τα ρεβίθια και χωρίς περαιτέρω σκέψη το αδειάζει στο κεφάλι του «άπιστου». Λάδια, ζουμιά, κίτρινα λαχταριστά όσπρια και μπόλικα μπινελίκια έραναν το κεφάλι και τα ρούχα του Χρήστου.

Εκείνος, προς έκπληξή μου, σηκώθηκε ατάραχος κι άρχισε να τινάζει τη γλίτσα από πάνω του, έτσι ακριβώς όπως τινάζουμε τη σκόνη. Η Λίλη με θριαμβευτικό ύφος επέστρεψε στο τραπέζι της. Η μουσική συνέχιζε να παίζει. Το γκαρσόνι στράβωσε τη μούρη του βλέποντας το πάτωμα λαδωμένο κι η αλλοδαπή συνέχισε να χασκογελάει. Όσο για μένα... παρατηρώντας μια τον ένα και μια τον άλλο, έτριψα τα μάτια μου για να καταλάβω αν αυτό που έβλεπα ήταν πραγματικότητα, ή μια επιθυμητή παραίσθηση.

Πέρασαν μόνο μερικά δευτερόλεπτα και το στόμα μου έμεινε ορθάνοιχτο, βλέποντας τον «ρεβιθούλη» Χρήστο να χορεύει ζεϊμπεκιά και τη Λίλη να του χτυπάει παλαμάκια, ενώ ο γκαρσόνης με μια χορτάρινη σκούπα μάζευε τα σπασμένα κι η αλλοδαπή εξακολουθούσε να φοράει το χαμόγελό της.

Κι εκεί που η αδαής πίστεψα ότι το επεισόδιο

έλαβε τέλος, βλέπω το Χρήστο, σε μια χορευτική κίνηση ν' αρπάζει από το τραπέζι το γεμάτο κατρούτσο και με την πολεμική κραυγή «πουτάναααα», ν' αδειάζει το κρασί πάνω στο κεφάλι της Λίλη.

Μέσα στην τραγικότητα της στιγμής το μόνο που θυμάμαι είναι ένα νευρικό γέλιο που ξέσπασε μέσα στο μαγαζί από τους υπόλοιπους θαμώνες.

Όλα αυτά, που εμένα μου φάνηκαν εξωπραγματικά, ήταν μια μεγάλη και τραγική αλήθεια που μ' έβαλε σ έναν μεγάλο προβληματισμό. Η λογική μου με διέταξε να φύγω αμέσως, εγώ όμως για πρώτη φορά της πήγα κόντρα και παρέμεινα.

Παράγγειλα κρασί και... ρεβίθια και με το βλέμμα μου πλησίασα τους πρωταγωνιστές του σόου, που κατευθύνονταν προς τις τουαλέτες. Είδα τον Χρήστο να γρονθοκοπεί τη Λίλη... και τη Λίλη να του φωνάζει, «δε σε φοβάμαι ρε ξεφτίλα».

Τα γόνατα μου λύγισαν από τρόμο. Χωρίς να χάσω στιγμή πετάχτηκα κι έτρεξα να βοηθήσω.

-Τι κάνετε εκεί; Ρώτησα επιπλήττοντας αυστηρά το Χρήστο.

Η γυναίκα γύρισε το βλέμμα της και με κοίταξε υποτιμητικά...

-Κάνε δουλειά σου κυρά μου, είναι οικογενειακιά υπόθεση..., μου είπε με μαγκιά περισσή η ξυλοκοπημένη η Λίλη και με καθήλωσε.

Επέστρεψα προσβεβλημένη στα ρεβίθια μου. Κατέβασα μονοκοπανιά μια ξινή ρετσίνα και ζήτησα λογαριασμό. Το κινητό μου χτύπησε εκείνη τη στιγμή. Ήταν ο Αντρέας.

-Άντε γαμήσου ρε καριόλη, του απάντησα επηρεασμένη από το περιβάλλον κι από τη ρετσίνα που κυκλοφορούσε ήδη στο αίμα μου. Έκλεισα χωρίς σκέψη το τηλέφωνο στα μούτρα του, αφήνοντας τον προφανώς άφωνο. Παιδί των βορείων προαστίων γαρ ο Αντρέας, κι εγώ επίσης.

-Καλά του ξηγήθηκες, ακούστηκε η φωνή της κουμπάρας, δε σου φαίνεται... αλλά... μια χαρά μαγκίτισσα σε κόβω.

Την κοίταξα χαμογελώντας πικρά.

-Μαγκίτισσα... μαγκίτισσα εγώ; Μονολόγησα. Αχ, ένας σάκος του μποξ είμαι καλή μου, ένας σάκος όπου τα καλογυαλισμένα αρσενικά της τάξης μου, εκτονώνουν «πολιτισμένα» τα επίκτητα συμπλέγματά τους, συμπλήρωσα με θλίψη και κατέβασα με μια γουλιά το φρεσκογεμισμένο με ρετσίνα ποτήρι μου.

Δε θυμάμαι πόση ρετσίνα ήπια, ούτε πότε και πως έφυγα από την Κυψέλη. Το μόνο που θυμάμαι είναι πως ο Χρήστος, η Λίλη, η αλλοδαπή και η κουμπάρα έγιναν στο τέλος μια καλή παρέα. Το «Οινομαγειρείον» μεταλλάχθηκε σε σκυλάδικο, το τραπέζι με το καρό τραπεζομάντιλο σε πίστα κι εγώ συντροφιά με την απορία μου, προσπαθούσα μέσα από την κρασοκατάνυξή μου να κατανοήσω, αν είμαι παιδί της γης ή κάποιου άλλου πλανήτη.

-Μέτρον άριστον παιδί μου, μου 'λεγε ο παππούς μου.

-Μέτρον άριστον...

ΤΟ ΑΒΓΟ ΤΟΥ ΦΙΔΙΟΥ

Περπατούσα ανάμεσα σε πολύμορφους θάμνους. Η ατμόσφαιρα ήταν περίεργα αιθέρια και το έδαφος κάτω από τα πόδια μου ανάλαφρο. Σχεδόν πετούσα. Ο αέρας είχε μια γλυκόπικρη μυρωδιά, κάτι από ανάσα γιασεμιού κι ανθισμένης βιολέτας, από δροσιά δενδρολίβανου και πικρίλα πεύκου. Σίγουρα είχα παραισθήσεις κι αυτό ήταν απόλυτα φυσιολογικό.

Μια γκρίζα σκιά περπατούσε πλάι μου σκυφτή. Δεν αναγνώρισα σ' αυτήν κάποιο πρόσωπο, ωστόσο την αισθάνθηκα φιλική.

-Από πού έρχεσαι; με ρώτησε με σβησμένη φωνή.

-Από το λιβάδι, απάντησα.

-Λιβάδι; Τι είναι λιβάδι; ρώτησε με απορία. Και πώς βρέθηκες εδώ;

-Θα σου πω, αλλά... αλήθεια δεν ξέρεις;

-Υποψιάζομαι, αλλά δεν είμαι σίγουρος. Θα μου πεις; επέμεινε η σκιά.

Δε δυσκολεύτηκε να με πείσει, γιατί είχα πολλή ανάγκη να μιλήσω σε κάποιον στη φάση που βρισκόμουν, έτσι άρχισα αμέσως την αφήγησή μου.

-Το λιβάδι καλέ μου ξένε, είναι μια απέραντη έκταση μοιρασμένη σε έμβια όντα, διακοσμημένη με τάξη, αρμονία και λογιών λογιών ομορφιές. Τίποτα μέσα σ' αυτό το περιβάλλον δεν είναι άχρηστο ή τυχαίο. Το κάθε είδος που γεννιέται και μεγαλώνει στο λιβάδι, αποτελεί τον κρίκο μιας αλυσίδας, είναι δηλαδή ένα αναπόσπαστο κομμάτι του «ευ λειτουργείν».

-Φαντάζομαι πως θα ζείτε πολύ όμορφα κι ειρηνικά μέσα στο λιβάδι, με διέκοψε ο ξένος, μιλώντας με θαυμασμό.

Γύρισα και τον κοίταξα ανέκφραστος χωρίς κανένα συναίσθημα να δονεί την καρδιά μου.

-Ζούμε όπως μπορούμε, γιατί ο ένας εξαρτάται από τον άλλο κι όλοι μαζί από τη ζωή, απάντησα άχρωμα και συνέχισα να μιλώ στη γκρίζα σκιά, απευθυνόμενος μάλλον στον εαυτό μου, προσπαθώντας να αντιληφθώ αυτό που μου είχε συμβεί.

-Ήταν πρωί και περπατούσα στο λιβάδι κάτω από τον λαμπερό ήλιο. Όλα φαίνονταν γαλήνια και όμορφα. Τα πουλιά κελαηδούσαν ανέμελα κι οι αχτίδες του ήλιου παιχνίδιζαν με τις πυκνές φυλλωσιές των δέντρων φτιάχνοντας στο χώμα ζωγραφιές στις αποχρώσεις του πράσινου. Στάθηκα να ξαποστάσω κάτω από την πυκνή σκιά ενός αιωνόβιου δέντρου. Λίγα μέτρα πιο πέρα, κάτω από τον ίδιο ίσκιο κοιμόταν μακάρια ένας άνθρωπος, με προσκεφάλι του μια λευκή λεία πέτρα. Ζήλεψα και ψάχνοντας τριγύρω, βρήκα κι εγώ μια όμοια πέτρα και ξάπλωσα στην αποσκιάδα.

Ξάφνου πάνω στο δέντρο και σε ίσια απόσταση από τις δύο λευκές πέτρες, έκανε την εμφάνιση του ένα μεγάλο φίδι.

-Φίδι; ρώτησε με παράξενη φωνή η σκιά και κοντοστάθηκε.

-Ναι φίδι. Το φίδι είναι ερπετό. Τα ερπετά καλέ μου ξένε είναι τα πιο επικίνδυνα όντα του οικοσυστήματος κι αυτό γιατί διαθέτουν ένα μεγάλο πλεονέκτημα. Κινούνται ύπουλα κι αθόρυβα, πετώντας απρόσμενα το δηλητήριο τους στους ανυποψίαστους. Ο μόνος τρόπος να γλιτώσεις από το φίδι είναι ο... ύπνος.

Έκλεισα λοιπόν τα μάτια μου κάνοντας πως κοιμάμαι, για να κερδίσω χρόνο και να σκεφτώ πώς θ' αποφύγω το δηλητήριο του. Τα φίδια όμως, έχουν τον μηχανισμό να καταλαβαίνουν έγκαιρα όσους κάνουν πως κοιμούνται. Ήταν σίγουρο ότι θα με καταλάβαινε.

-Τι θέλεις εσύ εδώ; ρώτησε με θυμό μπαίνοντας εύκολα μέσα στη σκέψη μου.

-Ξαποσταίνω, του απάντησα.

-Ναι, αλλά ο τόπος αυτός είναι δικός μου. Κάτω από τις λευκές πέτρες μεγαλώνω τα παιδιά μου. Πώς τόλμησες να πατήσεις το πόδι σου στα δικά μου χωράφια;

-Και πώς είναι δικά σου τα χωράφια; Που τα

βρήκες; Άλλωστε και κάποιος άλλος βρίσκεται ξαπλωμένος λίγο πιο κει. Αυτός γιατί δεν σ' ενοχλεί;

-Γιατί αυτός κοιμάται, αποκρίθηκε.

-Κι εγώ κοιμάμαι, υπερασπίστηκα τον εαυτό μου.

-Έχεις τα μάτια σου κλειστά μα το μυαλό σου είναι ξύπνιο. Δεν μπορείς να με ξεγελάσεις... Είσαι επικίνδυνος και γι αυτό θα σ' εξαφανίσω...

-Μα δε σε πείραξα. Κοίτα, είμαι άοπλος. Τι φοβάσαι; τον ρώτησα κι άνοιξα τα μάτια.

-Αυτοί που κάνουν πως κοιμούνται, είναι κατά κανόνα επικίνδυνοι, γιατί μπορεί να ξυπνήσουν τους κοιμισμένους, αποκρίθηκε. Και χωρίς τα όνειρα των κοιμισμένων, η κυριαρχία μου θα αμφισβητηθεί.

-Η «κυριαρχία» σου είναι χάρτινη, γιατί κανείς δεν μπορεί να ονειρεύεται με ναρκωμένη σκέψη. Η «κυριαρχία» σου στηρίζεται σ' επίπλαστα όνειρα κι ανάγκες. Θα έρθει η μέρα που θα συρρικνωθεί. Δεν μπορεί να κρατήσει για πάντα ένας ύπνος.

-Έτσι νομίζεις ανόητε; κάγχασε και πέταξε έξω τη διχαλωτή γλώσσα επιδεικνύοντας τη δύναμή του.

Άρχισα να τρέμω. Δεν είναι και το πιο εύκολο πράγμα να τα βάζεις με τους «δυνατούς».

Με την άκρη του ματιού μου κοίταξα ικετευτικά αυτόν που κοιμόταν παραπέρα.

-Βοήθησε με, του ψιθύρισα με τη γλώσσα των ματιών, δεν μπορεί να μας πειράξει αν είμαστε ενωμένοι, γιατί δεν μπορεί να επιτεθεί συγχρόνως σε δύο μέτωπα.

-Μη με ανακατεύεις εμένα, αποκρίθηκε ο κοιμισμένος χωρίς να κινηθεί, μη και τον πάρει είδηση το φίδι, δε θέλω μπλεξίματα με τους «δυνατούς», άφησε με στον ύπνο μου και μη ενοχλήσεις ξανά.

-Μα... μαζί είμαστε δυνατότεροι. Μπορούμε να τον εξαφανίσουμε. Δε σου ζητώ να μπεις μπροστά. Εγώ θα το κάνω αυτό. Θα του πατήσω το κεφάλι. Εσύ θα προσέχεις μόνο την ουρά.

-Μη βασίζεσαι σε μένα. Δε θέλω ν' ακούσω ....τίποτε άλλο, ούτε να ξέρω θέλω, είπε τρομαγμένος κι έκοψε μαζί μου κάθε επικοινωνία.

Το φίδι πήρε θέση επίθεσης. Ήταν βέβαιη η έκβαση της μάχης. Εγώ ήμουν λιγοστός κι ανήμπορος με μόνο όπλο την ψυχή μου. Το φίδι είχε όλους τους μηχανισμούς να με ισοπεδώσει, και θα το έκανε αμέσως τώρα.

Με μια απότομη κίνηση έχωσα τα χέρια μου κάτω από την πέτρα κι άρπαξα όσα περισσότερα αβγά χωρούσαν οι παλάμες μου.

-Πριν με σκοτώσεις θα τα λιώσω, του είπα με θυμό, κοίταξε πόσα από τα παιδιά σου κρατώ. Άσε με να ζήσω ήσυχα, ν' ανασαίνω ελεύθερα και δε θα τα πειράξω. Στο υπόσχομαι.

Προς στιγμή το φίδι κώλωσε κι έμεινε σκεφτικό. Με κοίταξε άγρια με το κατακόκκινο βλέμμα. του. Στάθηκα ανέκφραστος περιμένοντας την απόφαση του. Οι παλάμες μου άρχισαν να ιδρώνουν, η αγωνία των πλασμάτων που βρίσκονταν μέσα στα αβγά δονούσε τα συναισθήματα μου, δεν ήθελα να τα σκοτώσω, δε μου είχαν φταίξει σε τίποτα τα μικρά φιδάκια, όμως δεν είχα επιλογή.

-Χα χα, ακούστηκε ξαφνικά το μακάβριο γέλιο του. Το είχα ξανακούσει αυτό το γέλιο. Ανατρίχιασα.

-Αντίο ξύπνιε, είπε κι έκανε την επίθεσή του, ενώ συγχρόνως εγώ, μέσα στα χέρια μου συνέθλιβα τα παιδιά του.

Το τελευταίο πράγμα που θυμάμαι πριν «φύγω», ήταν το τρομαγμένο βλέμμα εκείνου που κοιμόταν στην πλαϊνή πέτρα. Παρακολουθούσε με λύπη τη σκηνή αλλά δεν αντέδρασε καθόλου. Δεν έκανε τίποτα για να τον εμποδίσει. Κούνησε μόνο με φρίκη το κεφάλι και... παραδόθηκε ξανά στο βολικό κι ανέμελο ύπνο του.

-Έτσι... βρέθηκα να περπατώ εδώ καλέ μου ξένε, είπα αναστενάζοντας με απογοήτευση και κούνησα με θλίψη το κεφάλι μου. Πες μου όμως κι εσύ τη δική σου ιστορία... πώς βρέθηκες εδώ; τον ρώτησα.

-Χμ, εγώ ε; ρώτησε με πικραμένη φωνή η σκιά. Εγώ δυστυχώς δεν έχω καμιά ιστορία να σου πω. Το φως του ήλιου δε φώτισε ποτέ τα δικά μου μάτια. Η ελάχιστη ζωή μου ήταν μια θλιβερή σύμπτωση. Γιατί εγώ δεν πρόλαβα να ζήσω για να επιλέξω τον δικό μου δρόμο κάνοντας τις προσωπικές μου επιλογές. Ήμουν βλέπεις απλά το αβγό ενός φιδιού που με θυσίασε στο βωμό της «δύναμης». Ήμουν μια εκκολαπτόμενη ζωή που ήλπιζε να γίνει κάτι καλύτερο από φίδι. Ένα ανώνυμο αβγό που δεν είχε ούτε μία ευκαιρία, γιατί το συνέθλιψε αναπάντεχα, το άκαρδο χέρι ενός «ξύπνιου» περιπατητή...

Ο ΑΝΘΡΩΠΟΣ «ΜΟΝΑΧΟΥΣ-ΜΟΝΑΧΟΥΣ»

Είναι μία και τέταρτο... είπε ο κύριος Ελμέζογλου κοιτάζοντας το ρολόι του τοίχου. Και είκοσι μπαίνεις στο μετρό... και μισή κατεβαίνεις Ομόνοια, παίρνεις τον ηλεκτρικό και δύο παρά είκοσι είσαι Περισσό. Ανεβαίνεις βολίδα στον Γεωργίου, σου δίνει πέντε χιλιάδες ευρώ και το αργότερο δύο μπαίνεις στην Τράπεζα Αττικής. Καλύπτεις την επιταγή πριν σφραγιστεί κι επιστρέφεις σφαιράτος για να είσαι Ελευσίνα στις τρεισήμισι.

-Μα..., μουρμούρισα διστακτικά.

-Όχι λόγια. Έχασες ήδη τρία λεπτά. Φύγε αμέσως γιατί αν σφραγιστεί η επιταγή είσαι άνεργος. Γεια σου.

Δεν είχε χρόνο για χάσιμο και το ήξερε. Πριν μερικές μέρες ο «μπος» του το είπε ξεκάθαρα.

-Στη θέση σου παίρνω δύο εικοσιπεντάρηδες,

είναι πιο σβέλτοι και μου στοιχίζουν λιγότερο. Κανόνισε λοιπόν να μη με φτάσεις στα όρια μου Ιάκωβε...

Ο Ιάκωβος είναι πενήντα δύο χρονών, κλητήρας σε ιδιωτική επιχείρηση όπου εργάζεται πάνω από δέκα χρόνια. Ξόδεψε τη ζωή του πασχίζοντας για τη σωτηρία του πλανήτη. Φανατικός οικολόγος και οπαδός της ανακύκλωσης. Έχει φυτέψει χιλιάδες δεντράκια στα καμένα δάση κι έχει υιοθετήσει μια καρέτα, δυο αρκούδες, και μία φώκια που τη λένε Νίνα.

Παραδομένος εντελώς σ' όλες αυτές τις δραστηριότητες και τους «αγώνες σωτηρίας», αγνόησε ένα σημαντικό πράγμα στη ζωή του. Τον εαυτό του. Σ' αυτόν δεν έδειξε ποτέ την παραμικρή ευαισθησία με αποτέλεσμα να μην έχει φίλους, οικογένεια, ούτε τις στοιχειώδεις ανθρώπινες συναναστροφές κι αυτό διότι, λόγω «υπερβάλλοντος ζήλου» στα οικολογικά εν γένει, απαιτούσε πάντα από τους φίλους του, να συμπάσχουν σώνει και καλά με τα υπό εξαφάνιση είδη και με τον «άρρωστο» πλανήτη μας.

Όπως ήταν φυσικό εκείνοι αντιδρούσαν κι απομακρύνονταν. Έτσι σιγά σιγά ο Ιάκωβος απομονώθηκε, οικειοποιήθηκε τη μοναχικότητά του, και έγινε ο άνθρωπος «μονάχους- μονάχους»...

Κατέβηκε δύο δύο τα σκαλοπάτια του γραφείου και κατευθύνθηκε με γοργό βήμα στο μετρό.

-Πουτάνα ανάγκη, μουρμούρισε, ας ήμουνα λίγα χρόνια νεότερος και θα σου 'λεγα τι να την κάνεις την επιταγή σου παλιομαλάκα, μονολόγησε κι έριξε μια βιαστική ματιά στο ρολόι του.

-Και είκοσι επτά, μουρμούρισε, μόλις που προλαβαίνω να μπω στο τρένο.

Έτρεξε λαχανιασμένος ως την πλατφόρμα και παίρνοντας μια βαθιά ανάσα, στάθηκε στην άκρη κοιτάζοντας αφηρημένα γύρω του. Με την άκρη του ματιού του είδε ξαφνικά ένα θέαμα που τον έκανε να ανατριχιάσει.

Ένας χοντρός κύριος με σιέλ ξεκούμπωτο πουκάμισο και τριχωτό στήθος, καθόταν στο παγκάκι της πλατφόρμας κρατώντας στα χέρια του ένα σακουλάκι με ηλιόσπορα. Μπροστά στα μισόγυμνα πόδια του ένα βουναλάκι από φλούδια είχε αρχίσει να σχηματίζεται. Ο χοντρός κύριος, με βλέμμα αγελάδας και όψη χοίρου, μασούσε με βουλιμία και ξεφλούδιζε τους σπόρους, φτύνοντας κάτω τα σκουπίδια του.

Το αίμα του Ιάκωβου άρχισε να χτυπά στις φλέβες του.

Εκείνη ακριβώς τη στιγμή, το τρένο εμφανίστηκε στη στροφή. Κοίταξε το ρολόι του. Δεν προλάβαινε...

-Γαμώτο, ψέλλισε.

Πήρε βαθιά ανάσα. Η πόρτα της αμαξοστοιχίας άνοιξε ακριβώς μπροστά του. Γύρισε και κι έριξε στον χοντρό κύριο ένα θανατηφόρο βλέμμα, ενώ με μια δρασκελιά μπήκε στο βαγόνι. Το τρένο ξεκίνησε.

Ο Ιάκωβος κατευθύνθηκε με βαρύγδουπο ύφος προς το παγκάκι της πλατφόρμας. Είχε κατέβει από το τρένο τελευταία στιγμή. Η συνείδηση του δεν του επέτρεψε να προσπεράσει το γεγονός τόσο αβασάνιστα.

-Συγνώμη κύριε, τι κάνετε εκεί; Ρώτησε με αυστηρό ύφος τον άντρα που εξακολουθούσε να αβγατίζει το λόφο με καινούργιο υλικό.

Εκείνος τον κοίταξε με απορία.

-Τρώω σπόρια. Θες; Απάντησε με ηλίθιο χαμόγελο, προτείνοντας του το σακουλάκι.

-Καλά είσθε εντελώς αναίσθητος; Στο σπίτι σας κύριε πετάτε κάτω τα σκουπίδια σας; Συνέχισε με το ίδιο ύφος ο Ιάκωβος.

-Όχι βέβαια. Αλλά... εδώ δεν είναι το σπίτι μου...

-Μαζέψτε τα αμέσως! είπε με έντονη φωνή δείχνοντας τα φλούδια με τεντωμένο το δάχτυλό του.

-Παρντόν;

-Είπα να τα μαζέψεις αμέσως! τσίριξε αυτή τη φορά χάνοντας την ψυχραιμία του.

-Άντε ... πάγαινε ρε βλαμμένε μεσημεριάτικα. Κάνε μας τη χάρη. Οι σκουπιδιάρηδες άνεργοι θα μείνουνε; Απάντησε ενοχλημένος ο χοντρός κύριος φτύνοντας ένα νέο φλούδι.

Έξαλλος ο Ιάκωβος κατευθύνθηκε στον σεκιουριτά του σταθμού.

-Σε παρακαλώ παλικάρι μου. Εκείνος ο χαχόλος έχει γεμίσει την πλατφόρμα με σκουπίδια. Πρέπει να επιβάλεις την τάξη αμέσως, είπε δείχνοντας το παγκάκι, με δάχτυλο τρεμάμενο από εκνευρισμό.

-Δεν είναι δική μου δουλειά αυτή κύριε, απάντησε ο σεκιουριτάς.

-Και ποιανού είναι δηλαδή;

-Δεν ξέρω. Δικιά μου πάντως όχι.

-Μα ρυπαίνει το περιβάλλον, δε σε ενοχλεί αυτό; Επέμεινε ο Ιάκωβος.

-Αν με ενοχλούσαν όλοι όσοι ρυπαίνουν το περιβάλλον, θα έπρεπε να έχω κόψει τις φλέβες μου εδώ και χρόνια, απάντησε χαριτολογώντας ο νεαρός.

-Θα σε καταγγείλω στην υπηρεσία σου για έλλειψη ευθύνης. Θα τιμωρηθείς αυστηρά γι αυτό στο υπόσχομαι.

-Άσε με ρε φίλε, όρεξη έχεις μεσημεριάτικα, απάντησε απαξιωτικά ο σεκιουριτάς και κάνοντας στροφή απομακρύνθηκε από το σημείο που στεκόταν.

Εν τω μεταξύ, ο σκανδαλόζος κύριος, ο οποίος παρακολουθούσε ατάραχος τη σκηνή, συνέχιζε να πετάει κάτω τα σπόρια, χαμογελώντας μάλιστα ειρωνικά προς τον Ιάκωβο.

Του ανέβηκε το αίμα στο κεφάλι,

-Ε, όχι αυτό πάει πολύ, είπε με έντονη φωνή ο «εναλλακτικός», κι έβγαλε το κινητό τηλέφωνο από την τσέπη του καλώντας την αστυνομία.

-Τι; Απάντησε η φωνή του νόμου. Φτύνει κάτω ηλιόσπορους; Δε σε πιστεύω. Δώσε μου τα στοιχεία σου και θα σε τακτοποιήσω εγώ για να μάθεις να παίζεις με την αστυνομία. Ντροπή σου, του απάντησε φρικαρισμένος ο αστυνομικός.

-Μα ρυπαίνει το περιβάλλον, επέμεινε ο Ιάκωβος με απορία στη φωνή του έτοιμος να βάλει τα κλάματα.

Μα επιτέλους κανένας δεν τον καταλάβαινε;

Εν τω μεταξύ γύρω από το επεισόδιο είχε μαζευτεί το γνωστό ανθρώπινο πηγαδάκι. Οι μισοί γελούσαν και πείραζαν τον Ιάκωβο, ενώ οι άλλοι μισοί «έσκιζαν τα ιμάτια τους» βλέποντας τον αναιδή να εξακολουθεί να μασάει και να φτύνει, να φτύνει και να μασάει...

Το χάπενινγκ τέλειωσε άδοξα με τον ερχομό του επόμενου τρένου. Οι επιβάτες εγκαταλείποντας βιαστικά το πηγαδάκι, στριμώχτηκαν γρήγορα γρήγορα στο βαγόνι ακολουθώντας ο καθένας τον δικό του προορισμό. Στο συγκεκριμένο μάλιστα τρένο επιβιβάστηκε και ο χοντρός κύριος αφήνοντας πίσω τα σκουπίδια του κι έναν Ιάκωβο μαινόμενο...

Ένας ρακένδυτος άντρας περιπλανήθηκε με βήμα κουρασμένο στο πεδίον του Άρεως, αναζητώντας απάγκιο για να περάσει την υγρή νύχτα, συνοδευόμενος από μια αγέλη αδέσποτα βαριεστημένα σκυλιά.

Ο Ιάκωβος, ένας άντρας άστεγος, γιατί η τράπεζα του πήρε το σπίτι. Ένας άνθρωπος γεμάτος ευαισθησίες και θυμό. Ένας άνθρωπος, που τέσσερα χρόνια άνεργος, δε βρήκε ούτε έναν άνθρωπο να «υιοθετήσει» την αγάπη και την προσφορά του στο οικοσύστημα και το περιβάλλον, βοηθώντας τον να επιβιώσει στοιχειωδώς.

Ο Ιάκωβος, ένα... νέο είδος υπό εξαφάνιση. Ο άνθρωπος «μονάχους μονάχους».

ΦΤΕΡΟΠΩΛΕΙΟ

Η πρώτη αχτίδα του ήλιου πέρασε μέσα από τη γρίλια βάφοντας με πορτοκαλί αποχρώσεις τον τοίχο. Η μεγάλη μέρα είχε φτάσει. Είχα επενδύσει στη μέρα αυτή ένα μεγάλο κομμάτι από το είναι μου, θυσιάζοντας προσωπικές και όχι μόνο αξίες. Όμως ο σκοπός ήταν η δικαίωση. Από σήμερα θα ήμουν ένα ξεχωριστό μέλος της κοινωνίας και όλοι θα με σέβονταν. Δεν ήταν τίποτα τυχαίο, είχα κοπιάσει πολύ για να κάνω τα μικρά, ανύπαρκτα σχεδόν, φτερά μου να γίνουν μια τέτοια ομορφιά.

Επάνω μου είχαν γίνει τεράστιες επενδύσεις συνεπώς η λέξη αποτυχία είχε εξαφανιστεί από το λεξιλόγιο μου δια παντός.

Βγήκα στον δρόμο με το ύφος του «νικητή πολυπτυχιούχου» κι άπλωσα τις εντυπωσιακές μου φτερούγες στον αέρα εκτοπίζοντας ποσότητες αιθάλης μικρομορίων και βενζόλης.

Τα πόδια μου σηκώθηκαν στον αέρα καθώς η μαγική μου πτήση είχε ξεκινήσει.

Κατευθύνθηκα προς τον Λυκαβηττό με προορισμό το κέντρο κοιτάζοντας τους συμπολίτες μου αφ' υψηλού, πράγμα που θεώρησα εντελώς φυσικό και δίκαιο. Είχα ένα σούπερ πτυχίο και δύο μεταπτυχιακά, καμία σχέση με τον κοινό θνητό.

Χαιρόμουν αφάνταστα που είχα καταφέρει να ξεχωρίζω από αυτούς. Και ναι... ήμουν «δε τοπ»... η κορυφαία... η πρώτη.

Πετούσα πάνω από το κέντρο της Αθήνας, κάνοντας τσαλίμια και περίπλοκα τερτίπια, προσπαθώντας να αποσπάσω κάποιο βλέμμα που εν πάση περιπτώσει ήξερε να αξιολογεί φαινόμενα όπως το εντυπωσιακό μου πέταγμα.

Άρχισα να βγάζω νευρικούς ήχους, να γελάω, να φτύνω... τίποτα, κανείς δε με πρόσεχε.

-Περίεργο... συλλογίστηκα. Δε με πρόσεξε κανείς. Τι διάολο συνέβαινε;

Είχα μελετήσει τόσο σκληρά για να αποκτήσω αυτά τα φτερά, ξενύχτησα ελεεινά, έκανα εκπτώσεις παντός είδους, ξοδεύτηκα σε κολέγια και σχολές πρωτοκλασάτες. Τεμενάδες και υποκλίσεις ήταν το λιγότερο που περίμενα από τους κοινούς θνητούς.

-Καλέ... τι ωραία φτερά είναι αυτά; Από πού τα πήρες; Μ' αποτελείωσε μια φωνή πίσω μου, καθώς στην προσπάθεια να με προσέξουν, είχα σχεδόν ξαναπατήσει στη γη.

Γύρισα και κοίταξα με άγριο ύφος την ταγιεράτη κυρία με την μαϊμού σαμσονάιτ και το πανάκριβο ντιορίσιμο βλέμμα.

-Από πού τα πήρα; Τι ερώτηση θεέ μου. Χάρβαρντ! Σου λέει τίποτα κυρά μου;

-Κυρά είσαι και φαίνεσαι. Τι θαρρείς; Επειδή κονόμησες δυο φτερά, ποιος ξέρει πώς... νομίζεις πως έγινες κάποια; Και... όχι δεν το ξέρω αυτό το Χάρβαρντ. Δε γνωρίζω όλα τα φτεροπωλεία.

-Συγνώμη; Ψέλλισα και στάλες ιδρώτα, μαζί με δάκρυα απογοήτευσης κύλησαν πάνω στο πανάκριβο μεϊκ απ μου, φτάνοντας μέχρι το τσάκρα της καρδιάς.

-Τα φτερά δεν τα αγόρασα καλή μου κυρία. Τα απόκτησα και μάλιστα με άριστα.

Το ξαναπήρα από την αρχή, εκτιμώντας ότι το δικό μου ύψος μακράν απείχε από της εν λόγω πτωχής τω πνεύματι και παντελώς απτέρου κυρίας, άρα έπρεπε να παίξω με χαμηλές.

-Αυτά τα φτερά είναι πανάκριβα και προϊόν μόχθου, άρα αξίζουν εκτός του θαυμασμού και τον σεβασμό σας.

-Ε και; Κάποιοι έχουν καλύτερα φτερά και τ' αγόρασαν μπιλ παρά. Τι σημασία έχει λοιπόν ο τρόπος ή ο κόπος; Σημασία έχει το αποτέλεσμα, επέμεινε ουδόλως συγκινηθείσα από τα πικρά μου δάκρυα.

-Αν σας κάνω μια επίδειξη, απάντησα, θα δείτε πως τα δικά μου φτερά είναι ποιότητας. Μπορούνε να αντέξουν σε όλες τις συνθήκες της ζωής γιατί περιέχουν γνώση και επίγνωση. Αυτά που κυκλοφορούν είναι ιμιτασιόν και δεν μπορούν να πετάξουν σε πολύπλοκα ύψη.

Έκανα την προσπάθεια μου να επικοινωνήσω μαζί της.

-Κι εγώ επίσης μπορώ να σου δείξω άλλους δέκα, που απόκτησαν άκοπα φτερά... και πετάνε παντού... και πανέμορφα είναι... και όλοι προσέχουν το πέταγμα τους. Είναι θέμα «ίματζ» κούκλα μου. Κι εσύ το στερείσαι τραγικά. Χα...

Ένιωσα τα γόνατα μου να μουδιάζουν. Λες να είχε δίκιο η τύπισσα; Μπα. Αποκλείεται.

-Σίγουρα από ζήλια το λέει, σκέφτηκα και την αγνόησα συστηματικά.

Γύρισα σπίτι με μαύρη καρδιά, καθώς ούτε ένα βλέμμα θαυμασμού δεν είχα εισπράξει από το πρωινό μου πέταγμα.

Πέρασε η επόμενη μέρα, και πολλές ακόμα επόμενες, που μου έδειχναν ολοένα και πιο έντονα, πως τα πράγματα δεν ήταν καθόλου όπως τα είχα φανταστεί. Τα φτερά που η καλή μου οικογένεια τόσο πόθησε κι εγώ είχα μοχθήσει πολύ ν' αποκτήσω, δεν ήταν επαρκή. Τους έλειπε κάτι. Ένα κάτι, που χρεωνόμουν εγώ και που τελικά αδυνατούσα να κατανοήσω.

Το ραντεβού ήταν σοβαρό και αναμφισβήτητα ενδιαφέρον.

Φρεσκάρισα τα φτερά μου, εμπλουτίζοντας τα χρώματά τους με υπερβολή, όπως με συμβούλεψαν έμπειροι του είδους και χωρίς καθυστέρηση πέταξα, με το πρέπον της περιστάσεως ύφος, προς τα βόρεια όπου βρισκόταν η πίστα επίδειξης.

Η πίστα ήταν γεμάτη, τόσο ασφυκτικά που για να ανασάνω χρειάστηκε να πετάξω πάνω από τα όρια μου.

-Ει εσύ εκεί πάνω, φώναξε μια ζαχαρωτή φωνή.

Ενθουσιάστηκα. Κάποιος επιτέλους με είχε προσέξει.

-Που άραγε νομίζεις ότι βρίσκεσαι; Με επέπληξε, κάνοντάς με να ταράξω την ισορροπία μου.

Ταλαντεύτηκα κι έχασα απότομα ύψος με εμφανή κίνδυνο να τσακιστώ.

-Μα... δείτε πόσο μεγάλα φτερά έχω... και κυρίως πόσο πλουμιστά..., διαμαρτυρήθηκα, ...δεν είναι κρίμα να σπαταληθώ πετώντας χαμηλά;

-Εμείς καθορίζουμε το ύψος... αποκρίθηκε βλοσυρά κι έβγαλε έναν μεγάλο πήχη.

-Αυτό είναι το όριο σου, δήλωσε αναντίρρητα και τον έστησε μπρός μου.

Με μια απελπισμένη προσπάθεια έδωσα εντολή συμβιβασμού στον εαυτό μου, αγνοώντας τον συνωστισμό που μου έκρυβε πλέον τον ήλιο. Το ύψος που εντελλόμουν να πετάξω ήταν για μένα αποπνικτικό, καθώς εκατοντάδες φτερά πάλλονταν γύρω μου σε ομοιόμορφους ρυθμούς.

Μου πήρε ελάχιστο χρόνο να αντιληφθώ πως δεν είχα πλέον φτερά. Το σύστημα τα είχε οικειοποιηθεί χρησιμοποιώντας τα για ξένους από τους δικούς μου στόχους, που ευτυχώς για μένα εξακολουθούσαν να είναι διακριτοί.

Τα έκαψα ένα καυτό μεσημέρι μέσα σε κραυ-

γές αποδοκιμασίας και ευτελισμού, μετατρέπο-
ντας την περήφανη πτήση μου, σε φτερεοβατερ-
λώ αισχίστου είδους.

Και τότε ένιωσα ξαφνικά να πετώ ψηλά, στα
δικά μου ύψη, εκεί όπου ελάχιστα βλέμματα μπο-
ρούσαν να με δουν, πετούσα μόνο με την ψυχή,
τη δική μου ψυχή, παύοντας για πάντα να είμαι
«ρόλος».

Τελικά απλό ήταν, αρκούσε ένα «κλικ» για να
μεταλλάξει την πτήση μου, βυθίζοντας τους γο-
νείς μου σε απογοήτευση.

Τα φτερά, που μου είχαν τόσο έντεχνα φορέ-
σει, αποδείχτηκαν κάλπικα, τόσο κάλπικα που τα
μίσησα μαζί μ' όλους εκείνους που μου 'φτιαξαν
το ματαιόδοξο φτερωτό όνειρο...

"ΕΡΙΝΥΕΣ" ΣΤΟΡΥ

Σχεδόν ξημέρωσε και τα μάτια μου αρνούνται να κλείσουν. Και πώς να κλείσουν δηλαδή αν δεν πάρουν εντολή από το «μέσα» μου. Ένα «εντός» πολύ μπερδεμένο, βαλαντωμένο και γενικώς τσιτωμένο από το βάρος μιας απόφασης. Αποφασίζω. Πιστεύω.

Πίστευα, για να ακριβολογήσω, πως η λέξη «αποφασίζω», αντιπροσωπεύει την ατομική ελευθερία μας, υποστηρίζει τον Λόγο μας και υλοποιεί τις σκέψεις μας. Αποφασίζω... σημαίνει έχω ελεύθερη βούληση, με λίγα λόγια.

Έρχονται όμως κάποιες στιγμές που το εργαλείο αυτό, το δώρο της φύσης στο ξεχωριστό της παιδί, τον άνθρωπο, στοιχειώνει το μυαλό καθώς η απόφαση γίνεται πεδίο μάχης όπου μονομαχούν το συναίσθημα με το ήθος και η λογική με την καρδιά.

Ο νικητής μένει μόνος; Λένε πως ναι.

Ένα δωδεκάχρονο αγόρι ήμουνα όταν υποχρεώθηκα σχεδόν να χρωστάω χάρη στον κύριο Χάρη το γιατρό, που έσωσε την αδελφή μου από βέβαιο θάνατο.

Η Δροσούλα, η μικρή μου αδελφή, κατάπιε ένα ολόκληρο εξάρτημα από το «σπίτι της μπάρμπι», το οποίο της έκατσε στο λαιμό.

Η Δροσούλα είχε σχεδόν πεθάνει όταν έφτασε στα χέρια του κυρίου Χάρη, ο οποίος με μια ιατρική ακροβασία, κατάφερε στο παρά ένα να σώσει τη μικρή μου αδελφή από βέβαιο θάνατο.

Ο κύριος Χάρης και ο μπαμπάς μου, σχεδόν συνομήλικοι, ανέπτυξαν μεταξύ τους μια στενή φιλία, η οποία επεκτάθηκε σε μένα με τον γιο του τον Άκη, με τον οποίο από τα δώδεκά μας γίναμε φίλοι καρδιακοί και αχώριστοι.

Ο Άκης ακολούθησε τα χνάρια του πατέρα του κι έγινε γιατρός. Κληρονόμησε μια πλούσια πελατεία και τις χρήσιμες γνωριμίες που εξασφαλίζουν το λαμπρό μέλλον που κάθε άνθρωπος ονειρεύεται.

Στο πλευρό του Άκη, όλοι οι δικοί μας ονειρεύονταν να δουν τη Δροσούλα. Όλοι... εκτός της Δροσούλας, που την κέρδισε η τέχνη της υποκριτικής. Η μεγάλη της αγάπη για το θέατρο οδήγησε τα βήματα της στα ΔΗΠΕΘΕ όλης της χώρας, μη αφήνοντας χώρο για προσωπική ζωή και παντρειές

Ο «γαμπρός» Άκης καθότι περιζήτητος, γιατρός γαρ, παντρεύτηκε μια ισάξια νύφη από τις

Βερσαλλίες της Πελοποννήσου την Πάτρα και έκανε μια όμορφη πενταμελή οικογένεια.

Εγώ, παρά τις σπουδές μου έγινα κάτι πιο πεζό, ένας απλός κατώτερος υπάλληλος τράπεζας, δεδομένου ότι δεν υπήρξα ποτέ της «καριέρας».

Ένας ιδεολόγος αντικομφορμιστής ήμουν, δοσμένος με πάθος στις ιδέες μου, φανατικός εργένης και ουδέποτε συζευχθείς. Πάντα ήμουν πλάι στον Άκη και αποτελούσα ενσυνείδητα την ισορροπία του φίλου μου. Ήμουν εκείνος που τον προστάτευε από τον ίδιο του τον εαυτό όταν μπλεκόταν σε συναισθηματικές μπερμπαντιές και τον κάλυπτε στα μικρά σκασιαρχεία από την οικογενειακή του ζωή.

Χρήματα δεν απέκτησα περισσότερα από όσα χρειαζόμουν. Και ο Άκης βεβαίως όσα χρειαζόταν απέκτησε.

Η διαφορά έγκειται στο ρήμα «χρειάζομαι» και κυρίως στο λόγο που «χρειάζομαι» ό,τι χρειάζομαι.

Αυτό είναι ένα θέμα που χρήζει μεγάλης ανάλυσης και φυσικά ούτε εγώ αλλά ούτε και ο Άκης είχαμε ποτέ τη διάθεση να αναλύσουμε.

Όλα πηγαίνανε καλά, καλά κι ευλογημένα, όπως δήλωνε και το αγαπημένο μου τραγούδι. Τι με νοιάζει εμένα; έλεγα στον εαυτό μου κάθε που ο Άκης έκανε λαμογιά και την αντιλαμβανόμουν. Έχει να κάνει αυτός με αυτόν, εμένα λόγος δε μου πέφτει, είναι και φίλος μου.

Φακελάκι ο Άκης και φοροδιαφυγή, μίζες από

φαρμακευτικές και ποσοστά... δεκαπέντε μέτρα σκάφος γραμμένο στην οφσόρ του, ζωή και κότα... χμμ... χλίδα ήθελα να πω.

Στο μεροκάματο και πιστός στις αρχές μου εγώ, που και που καμιά τσιλιμπουρδιά με κοριτσόπουλα. Βιοτικό επίπεδο για μένα άριστο, κάτω του μετρίου κατά Άκη.

Τριάντα συναπτά χρόνια εντιμότητας και μέτρου για μένα, τριάντα αμετροέπειας και αρπαχτής ο Άκης ο φίλος μου, ο κολλητός, ο αδελφός μου.

Επιλογές μας όμως ήτανε, άρα ... όλα καλά... καλά κι ευλογημένα.

Κι έπειτα ήρθε η «κρίση». Έμεινα άνεργος στη δύση της ζωής μου, συντροφιά με τις ανάγκες μου και τον φίλο μου τον Άκη να με συμμερίζεται μεν, αλλά να μη μπορεί να κατανοήσει πώς είναι να σε παίρνουν τηλέφωνο εικοσιπέντε φορές τη μέρα οι τράπεζες ζητώντας, χωρίς τη στοιχειώδη έστω ευγένεια, την «κατώτερη οφειλή». Να τρέμεις μην αρρωστήσεις γιατί βρέθηκες χωρίς ασφάλιση. Να κρύβεσαι από γνωστούς και φίλους οι οποίοι δεν μπορούσαν να κατανοήσουν γιατί δε βγαίνεις πλέον μαζί τους. Γιατί δε συμμετέχεις στις εκδρομές του συλλόγου της τράπεζας, και γιατί όταν έρχονται οι γιορτές εξαφανίζεσαι από τα βαφτιστήρια και τα ανίψια.

Δεν μπορούσε να καταλάβει πως, οι υποχρεώσεις που δημιούργησες προ κρίσης και που ήταν πάντα μέσα στα όρια του «παπλώματος», τώρα όχι μόνο ξεχείλισαν από το πάπλωμα, αλλά κινδυνεύουν να σε πάνε τσιφ κορυδαλλό στην καλύτερη, γιατί υπάρχει και η χειρότερη που είναι η ταράτσα η το ψυχιατρείο.

Είμαι καλός άνθρωπος, έλεγα πάντα στον εαυτό μου, και το σύμπαν με προστατεύει. Κι επειδή το πιστεύω απόλυτα, κατάφερα μέχρι τώρα να διατηρήσω την ισορροπία που χρειαζόμουν, για να αντιμετωπίσω τη δοκιμασία με ψυχραιμία. Ήρθε όμως ένα πρωί ο Μανώλης ο ξάδελφος από το χωριό και με τάραξε.

-Ξάδελφε, μου είπε, τον φίλο σου τον Άκη, τον αδελφό σου... να τον χαίρεσαι βρε!

Τα μάτια του ήταν κόκκινα και η όψη του γενικά με ανησύχησε. Είχε μια απόγνωση στο βλέμμα του και η ψυχραιμία που μου μιλούσε, ήταν εξαιρετικά ύποπτη για τον εκρηκτικό χαρακτήρα του Μανώλη.

Τον κοίταξα με απορία αλλά ταυτόχρονα ένα χέρι μάγκωνε την καρδιά μου.

-Γιατί το λες ξάδελφε; Ρώτησα.

-Η θεία σου η Αριάδνη είναι στο νοσοκομείο. Σοβαρό πρόβλημα με την υγειά της, πρέπει να εγχειριστεί άμεσα...

-Τι λες βρε Μανώλη; Φώναξα με έκπληξη και λύπη μαζί.

Η θεία Αριάδνη ήταν η αγαπημένη μου. Η μικρή αδελφή της μάνας μου, που με μεγάλωσε στα γόνατα της. Δεν μπορεί να ήταν άρρωστη η θεία

Αριάδνη, ο άνθρωπος ζωή, ο άνθρωπος χαρά, ο άνθρωπος αισιοδοξία, ο άνθρωπος αγκαλιά, ο άνθρωπος χαμόγελο. Όχι, αυτός ο άνθρωπος δεν μπορεί να ήταν τόσο πολύ άρρωστος.

-Και γιατί δεν είναι στο χειρουργείο; Εσύ γιατί είσαι εδώ και όχι πλάι της; Μανώλη με κάνεις και ανησυχώ πολύ, ρώτησα και τα μάτια μου βούρκωσαν.

-Ξάδερφε θα στο πω με δύο λόγια το πρόβλημα. Η μάνα έπεσε στα χέρια του κολλητού σου. Εγώ ο ίδιος την πήγα σ' αυτόν... για καλύτερα. «Χωρίς φράγκα Μανώλη» μου είπε , «δεν προχωράει». Το ήξερα πως ήταν καθίκι, όλο το χωριό το ξέρει, αλλά επειδή είναι φίλος σου, ήμουν παραπάνω από βέβαιος πως για χάρη σου θα έκανε το καλύτερο για τη μάνα μου.

-Τι μου λες βρε Μανώλη; Εγώ αυτή τη φήμη δεν την ξέρω. Πρώτη φορά το ακούω, είπα χωρίς να πιστεύω τα λεγόμενα μου.

-Η φήμη ξάδελφε, τρέχει πάντα εμπρός από τους ανθρώπους. Προηγείται. Τις ακούει όμως αυτές τις φήμες όποιος θέλει και όποιος μπορεί να τις διαχειριστεί. Εσύ προφανώς δεν ήθελες, ή δεν μπορούσες, αποκρίθηκε με σαφές υπονοούμενο.

-Μανώλη, νομίζω πως δεν είναι αυτό το θέμα μας, τον μάλωσα.

Ενδόμυχα όμως ένιωσα θιγμένος.

-Το θέμα μας είναι η θεία. Πες μου τι μπορώ να κάνω; Τον ρώτησα.

-Δύο πράγματα, απάντησε κοφτά και τέντωσε τα δύο του δάχτυλα.

Έκανε μια παύση καρφώνοντας τα μάτια του στα δικά μου και συνέχισε με σταθερό λόγο.

-Ο ένας είναι να μου δώσεις πέντε χιλιάρικα. Ο άλλος... να τη στήσουμε στον ακατανόμαστο με σημαδεμένα χρήματα, είπε συνωμοτικά και το μάτι του γυάλισε.

-Πέντε χιλιάρικα; ούρλιαξα, σου ζήτησε πέντε χιλιάρικα για να εγχειρήσει τη θεία μου; Τη δική μου θεία;

-Δεν είναι όλα γι' αυτόν. Τρώνε κι άλλοι. Εμένα όμως δε με μέλει αυτό, λεφτά δεν έχω έτσι κι αλλιώς και η μάνα μου ψυχορραγεί. Αν δεν πληρώσω θα μπει στην ουρά και ... όποτε έρθει η σειρά της... αν ζει... θα την χειρουργήσουνε. Και θα μου πεις, αν είχες τα φράγκα ξάδελφε θα σου πήγαινε η καρδιά να πάρεις τη θέση κάποιου άλλου φουκαρά για να ζήσει η δική σου μάνα; Θα απαντούσα όχι. Όμως επειδή ξέρω πως της μάνας μου η σειρά θα αργήσει να έλθει επειδή κάποιοι, με το δίκιο τους βέβαια, θα κόψουν το λαιμό τους να βρούνε λεφτά για να σώσουν τον άνθρωπο τους.

Η μάνα μου θα πεθάνει περιμένοντας τη σειρά της ξάδελφε, ενώ ο Άκης και οι πέριξ αυτού θα θησαυρίζουν. Θα το επιτρέψεις να γίνει αυτό; Εγώ όχι.

Είχα μείνει άφωνος. Όχι γιατί δεν ήξερα τις «δραστηριότητες» του φίλου μου, αλλά γιατί είχε έρθει η στιγμή να μετρηθώ μ' αυτές. Μέχρι τώρα προσποιόμουν ότι δε με αφορούσε, ήρθε λοιπόν η ίδια η ζωή να μου δείξει πόσο πολύ με αφορά.

-Μανώλη δώσε μου λίγο χρόνο. Θα του μιλήσω. Θα το κάνει για μένα. Μη στεναχωριέσαι. Ούτε εγώ θ' αφήσω τη θεία να πεθάνει. Σου το υπόσχομαι, είπα ρισκάροντας την πόρτα που θα έτρωγα από τον Άκη.

-Ξάδελφε από μένα πάρε όσο χρόνο θέλεις. Από τη ζωή της μάνας μου όμως όχι. Κάνε κάτι άμεσα, δήλωσε ο Μανώλης με έμφαση κοιτάζοντας τη συσκευή του τηλεφώνου πάνω στο τραπέζι.

Είχε απόλυτο δίκιο.

Χωρίς δεύτερη κουβέντα πήρα το τηλέφωνο στα χέρια μου. Η καρδιά μου χτυπούσε δυνατά. Από όσο γνώριζα τον Άκη, ο οποίος ήταν κατά τα άλλα ένας λαμπρός επιστήμονας και ένας εξαίρετος φίλος, οι πιθανότητες που είχα να τον πείσω να κάνει δωρεάν την «εξυπηρέτηση», ήταν ελάχιστες γιατί δεν ήμουν ο πρώτος που του ζητούσε αυτή τη χάρη.

Ο Άκης ήταν δικτυωμένος στα περισσότερα νοσοκομεία εκτός αυτού που εργαζόταν. Το φακελάκι γι αυτόν ήταν μέρος της δουλειάς. «Δε σπούδασα τόσα χρόνια για να κάνω χάρες», μου είχε πει κάποια στιγμή όταν συζητούσαμε ένα παρόμοιο θέμα που αφορούσε κάποιο γνωστό μας. «Ο γιατρός είναι παρεξηγημένο επάγγελμα φίλε, μου. Τρως το σκατό και τη φρίκη με το κουτάλι. Δεν έχεις μέρα ή νύχτα, γιορτές, αργίες. Είσαι υπηρέτης του ασθενή και της αρρώστιας με όσα αυτό συνεπάγεται. Σπουδάζεις ξοδεύοντας τη μισή σου ζωή για να καταλήξεις να αμείβεσαι σαν ένας απλός υπαλληλάκος. Είναι δίκαιο αυτό; Εννοείται πως δε μου φταίει ο ασθενής αλλά το σύστημα. Όμως αν δεν τα πάρω εγώ θα τα πάρει κάποιος άλλος. Ε... λοιπόν τα παίρνω εγώ για αποζημίωση των όσων τραβάω».

-Καλώς τον... ακούστηκε η φωνή του Άκη από την άλλη άκρη του τηλεφώνου. Ποια καλή ενέργεια σε έφερε στο ακουστικό μου;

Αστειεύτηκε όπως πάντα.

-Χμ... χμ..., καθάρισα το λαιμό μου, ...ξέρεις Άκη, έχω δίπλα μου τον εξάδελφο μου το Μανώλη...

-Α... ναι... ναι κατάλαβα, είπε αλλάζοντας διάθεση. Η θεία σου δεν είναι και τόσο καλά. Θα σου τα είπε ο Μανώλης...

-Ναι... όπως επίσης μου είπε πως του ζήτησες χρήματα για να επισπεύσεις την επέμβαση η οποία επείγει. Αληθεύει;

-Φίλε, ξέρεις πως στις δουλειές μου δεν θέλω να ανακατεύεται κανείς. Όμως επειδή είσαι εσύ και μόνο, θα σου εξηγήσω την κατάσταση. Η θεία σου όντως χρειάζεται χειρουργείο. Αν περιμένει σειρά μπορεί να πάρει και μήνα... σε ιδιωτικό πάει δεκαπέντε στο νερό. Εγώ θα κανονίσω εδώ με ένα ταλιράκι να κάνουμε τη δουλειά, είπε κυνικά και με έβγαλε εκτός εαυτού.

-Δουλειά η ζωή ενός ανθρώπου; Ούρλιαξα, Ταλιράκι ε; Τόσο απλά. Σα δε ντρέπεσαι μωρέ Άκη, ωραίος φίλος είσαι και κυρίως... ωραίος άνθρωπος..., τον ειρωνεύτηκα.

-Όπα μεγάλε, πάτα φρένο γιατί πολύ φόρα πήρες, απάντησε ενοχλημένος από το ύφος μου. Πρώτη φορά αγόρι μου ακούς κάτι τέτοιο; Γιατί τόσο όψιμη ηθική κρίση; Επειδή έχει να κάνει με τον δικό σου άνθρωπο; Τα φακελάκια όπως ξέρεις υπάρχουν από τότε που υπάρχουν οι άρρωστοι και οι γιατροί. Συνηθίζεται όμως, η ευαισθησία να σας πιάνει πάντα όταν πρόκειται για προσωπική υπόθεση. Μόνο που δεν το περίμενα από σένα, το φίλο μου, τον αδελφό μου, απάντησε εκνευρισμένος.

-Βρε Άκη... Δεν έχω πρόθεση να σε θίξω, όμως τι θα γίνει με τη θεία μου; Στην τελική κάνε το για μένα. Ποτέ δε σου έχω ζητήσει άλλη χάρη, του έκοψα την κουβέντα γιατί ένιωσα να ξεφεύγει από το θέμα μας, που στην ουσία ήταν η θεία μου.

-Δεν εξαρτάται από εμένα φίλε, είπε κοφτά. Εγώ δε θέλω τίποτα ΟΚ; Αλλά υπάρχουν και άλλοι στο κύκλωμα. Από τριάμισι και κάτω δεν πάει ούτε ένα ευρώ.

-Μα... δεν υπάρχουν χρήματα, διαμαρτυρήθηκα.

-Τότε θα περιμένει στη σειρά. Δεν μπορώ να κάνω τίποτα εκτός... από το να σε δανείσω εγώ τα χρήματα.

-Όχι... δε θέλω να συμμετέχω σε κάτι τόσο αντιδεοντολογικό, αντέδρασα με αγανάκτηση, καθώς η αδικία άρχισε να γίνεται δικό μου πλέον πρόβλημα. Μπορείς τουλάχιστον να με βεβαιώσεις πως η σειρά προτεραιότητας θα είναι τίμια;

-Πλάκα μου κάνεις; Γέλασε ειρωνικά. Νικόλα

σ' αφήνω... με φωνάζουν, είπε κι έκλεισε το τηλέφωνο.

Ο Μανώλης με κοίταξε στα μάτια. Από το ύφος μου είχε καταλάβει πως δεν είχα καλά νέα να του πω.
-Θα τον καταγγείλω... δήλωσε αποφασισμένος. Εσύ; Θα με βοηθήσεις; Ρώτησε και το βλέμμα του έγινε σκοτεινό.
-Κάτσε ρε Μανώλη να το συζητήσουμε. Τι θα γίνουμε ρουφιάνοι; Να δούμε μήπως μπορούμε να βρούμε τα χρήματα. Κατεβήκαμε στα τριάμισι χιλιάρικα. Να προσπαθήσουμε... Προσφέρθηκε κι ο Άκης να τα δώσει...
Πριν τελειώσω την κουβέντα μου τον είδα να στέκεται όρθιος απέναντί μου. Η κορμοστασιά του μου θύμισε τον παππού.
Το βλέμμα του ίδιο, ολόιδιο της μάνας του, ξύπνησε μέσα μου μνήμες παιδικές στο χωριό, όπου όλα τα ξαδέλφια μαζί, παίζαμε σαν κλωσόπουλα στην ασπρισμένη αυλή τους και το ρόλο της κλώσας έπαιζε στοργικά η γλυκιά μου θεία Αριάδνη.
-Κατεβήκαμε στα τριάμισι; Τι λες; Παζάρια με τη ζωή της μάνας μου ρε σύ; Δεν έχεις τσίπα; Κοίτα με στα μάτια και πες μου «όχι δεν μπορώ να το κάνω». Δε θα σου κρατήσω κακία γιατί καταλαβαίνω πως κωλώνεις να δώσεις το φίλο σου το λαμόγιο. Ξέρεις όμως πως μόνο με σένα μπορώ να τον ξεμπροστιάσω γιατί σε εμπιστεύεται. Αν ωστόσο δεν τα καταφέρω μόνος και η μάνα μου πεθάνει... θα έχεις ένα μεγάλο μερίδιο σε αυτό,

είπε χειρονομώντας νευρικά.

-Μην είσαι τόσο απόλυτος βρε Μάνο, προσπάθησα να τον μαλακώσω. Δεν είναι άσπρο μαύρο η κατάσταση. Να το διαπραγματευτούμε...

-Άκου Νικόλα, είπε με απόλυτη σοβαρότητα ο Μανώλης. Ο Γιώργης του Θωμά, ξέρεις ποιόν λέω... δηλώνει άνεργος, ενώ θησαυρίζει από τη δουλειά του χωρίς να πληρώνει φόρους, πράγμα που γνωρίζουμε όλοι. Το δίπατο σπίτι και μόνο του Γιώργη δικαιώνει τον λόγο μου. Επειδή μάλιστα δηλώνει άνεργος, τα παιδιά του μένουν στη φοιτητική εστία, στην πόλη που σπουδάζουν, τη στιγμή που το δικό μου παιδί δεν μπορεί ούτε φροντιστήριο να πάει, γιατί εγώ κι η μάνα του δουλεύουμε νόμιμα, πληρώνουμε φόρους χαράτσια, δόσεις κι έχουμε δυο ακόμα παιδιά να συντηρήσουμε. Δεν τον καταγγέλλουμε το Γιώργη όμως, γιατί δεν είμαστε ρουφιάνοι.

Η Αναστασία του Τάπη, η κολλητή της αδελφής σου, παίρνει τη σύνταξη του πατέρα της που ήταν στρατιωτικός, σαν ανύπαντρη θυγατέρα, τη στιγμή που έχει οικογένεια με τον Καλιστρατή και μια ολόκληρη αλυσίδα φαστφούντ. Δεν την καταγγέλλουμε γιατί δεν είμαστε ρουφιάνοι.

Ο Μπεσής, δίπλα στο χτήμα μου, νοικιάζει τα χωράφια του στον Ηλία τον Αλβανό, χωρίς φυσικά να το δηλώνει στην εφορία.

Παίρνει μάλιστα και ποσοστά από τη σοδειά του Ηλία που τα καλλιεργεί τα νοικιασμένα χωράφια με εργάτες χωρίς ασφάλιση.

Ο Ηλίας πουλάει χωρίς απόδειξη σε μαγαζιά

και σπίτια τα προϊόντα του και τα λεφτά τα στέλνει στην Αλβανία. Το ξέρουμε όλοι.

Δεν καταγγέλλουμε όμως, ούτε το Μπεσή ούτε τον Ηλία, γιατί δεν είμαστε ρουφιάνοι.

Ο οδοντίατρος ο Αντρέας τις προάλλες, για ένα σφράγισμα και μικροεπισκευή στη γέφυρα της Μαρίας, ζήτησε τριακόσια «με» και τετρακόσια «άνευ». Δεν τον καταγγείλαμε γιατί αφ' ενός είναι ξάδελφος της Κατερίνας της κουμπάρας... και σαφώς επειδή δεν είμαστε ρουφιάνοι.

Μπορώ να σου λέω μια μέρα ολόκληρη για παρανομίες που καλύπτω γιατί δεν είμαι ρουφιάνος. Τελικά ξάδελφε ρουφιάνος δεν είμαι. Είμαι όμως τελικά κάτι άλλο... που ντρέπομαι να σου το πω.

Να 'μαστε τώρα.. Για να μη γίνω ρουφιάνος θα αφήσω τη μάνα μου να πεθάνει; Όχι ρε φίλε. Και ρουφιάνος θα γίνω και δολοφόνος αν χρειαστεί. Και ξέρεις κάτι; Τελικά δεν είμαστε ρουφιάνοι αλλά είμαστε υπεύθυνοι για όλους αυτούς που καλοπερνάνε πατώντας στο φιλότιμό μας, το οποίο φιλότιμο δεν είμαι σίγουρος πόσο φιλότιμο είναι ή κάτι άλλο. Αυτά!

Θα περιμένω μέχρι το πρωί να αποφασίσεις, αλλιώς το παίρνω πάνω μου και το κρίμα στο λαιμό σου, είπε τέλος και μου γύρισε την πλάτη του.

Πώς είχα μπλέξει έτσι; Ο Άκης με όλα τα ελαττώματα ήταν ο καλύτερός μου φίλος, ο Μανώλης αγαπημένος ξάδελφος και η θεία ήταν σαν μάνα μου. Όλοι από την πλευρά τους είχαν δίκιο.

Υπήρχε μια ζωή που έπρεπε να σωθεί. Υπήρχε

και μια άλλη, αυτή του Άκη, που θα καταστρεφόταν αν δεν έκανα κάτι. Τι έπρεπε να γίνει ώστε να σωθούν όλοι; Κάπου θα υπήρχε μέση λύση, όμως και από τις δύο πλευρές συναντούσα τοίχο. Ξεροκεφαλιά. Και οι δύο πλευρές ήταν αγαπημένες. Έναν από τους δύο θα τον έχανα οπωσδήποτε, άρα η μόνη λύση ήταν ο δρόμος του δικαίου. Ποιο ήταν αυτό το δίκαιο; Καλή ερώτηση!

Το «σύστημα», σκέφτηκα, έφταιγε που όλα πήγαιναν στραβά. Αυτή ήταν μια καλή δικαιολογία. Ποιος όμως έτρεφε αυτό το «σύστημα»; Ποιος ήταν ο δικός μου ρόλος απέναντι στην κατάσταση;

Ο Μανώλης είχε δίκιο. Μια ματιά να έριχνα μόνο στο μικρόκοσμό μου και θα έβλεπα την «απάτη» να περπατά με πόδια.

Στην τράπεζα είχα πέσει σε δυσμένεια γιατί έχωνα τη μούρη μου εκεί που δε με έσπερναν. Στην οικογένεια μου και τους γνωστούς τους, είχα πέσει σε δυσμένεια γιατί δεν έκανα διευκολύνσεις με τα δάνεια που δε δικαιούνταν.

Τιμή, τίμιος, τίμημα ήρθε στο μυαλό μου ο συνειρμός και χαμογέλασα.

Η τιμή έχει δυο ερμηνείες ανάλογα με τις οποίες ορίζεται ο τίμιος και το τίμημα. Πλάκα είχε. Ποτέ δεν το είχα σκεφτεί έτσι.

Τι κάνουμε τώρα κύριε Νίκο μας;

Αν δεν πάω με το Μανώλη στον Άκη για τη... διαπραγμάτευση, ο Άκης θα καταλάβει ότι είναι στημένο και δε θα τσιμπήσει. Αλίμονο, είναι έμπειρος σε κάτι τέτοια. Στην περίπτωση αυτή ίσως η θεία μου ...«αντίο σας»...

Βέβαια υπάρχουν και άλλα νοσοκομεία αλλά... μεταφορές, εξετάσεις φτου κι από την αρχή... καθυστερήσεις που θα αποβούν, ίσως, μοιραίες.

Αν πετύχει η επιχείρηση «σημαδεμένα χρήματα» και πιάσουν τον Άκη, του οποίου θα είμαι ο προσωπικός Ιούδας μια και θα με έχει εμπιστευτεί για να τσιμπήσει το δόλωμα, το αποτέλεσμα θα είναι τραγικό. Διασυρμός του φίλου μου, η βέβαιη καταστροφή του, προσωπική και οικογενειακή, χώρια που δε θα μου ξαναμιλήσει κανένας από τους φίλους μου που τυχαίνει να είναι και φίλοι του.

Ουφ! Δύσκολη απόφαση. Αδιέξοδο θα έλεγα. Αν ειδοποιούσα τον Άκη; Στην περίπτωση αυτή θα πήγαινα κόντρα με την ηθική μου. Η περιπέτεια της θείας μου δεν ήταν σύμπτωση. Καμπανάκι ήταν για τη σύγκρουση που ερχόταν.

Ξέρω απόλυτα ποιο είναι το ηθικό αλλά δεν μπορώ να το κάνω. Βλέπω πως αύριο θα μπορούσα να βρεθώ κι εγώ στη θέση της θείας και του Μανώλη, σίγουρα θα μπορούσα ειδικά τώρα που δεν υπάρχει «σέντσι». Ο Άκης ζει πλουσιοπάροχα αλλά δουλεύει σαν σκυλί. Βέβαια είναι ωμός εκβιαστής, αλλά είναι φίλος μου. Όμως και οι άλλοι που δεν είναι φίλοι μου; Γιατί τους καλύπτω; Τον οδοντίατρο, τον ηλεκτρολόγο, τον μπογιατζή, ακόμα και τον «πάτερ» που τα παίρνει στη «ζούλα» για μια μουρμούρα που λέγεται τρισάγιο, και τόσους πολλούς άλλους που αν απαριθμήσω θα χρειαστεί να μουντζώνομαι ένα ολόκληρο εικοσιτετράωρο. Γιατί; Γιατί; Γιατί; Απίστευτο δεν είναι;

Ξημέρωσε. Καμία απόφαση κι όπου να 'ναι θα χτυπήσει το τηλέφωνο. Μια σκέψη είναι να μη το σηκώσω. Να εξαφανιστώ. Έτσι για μια ακόμα φορά θα ρίξω το πρόβλημα κάτω από το χαλί. Πρέπει να αντισταθώ ωστόσο. Χίλια ερωτηματικά με βασανίζουν. Το βλέμμα του Μανώλη με στοιχειώνει, η θεία μου η Αριάδνη ζητά να κάνω το σωστό, ο Άκης στέκεται μπροστά μου και μου χαμογελά με εμπιστοσύνη...

-Αααα...ααααα...αααα, άρχισα να βγάζω άναρθρες κραυγές. Αααα...

Με ξύπνησε η αγγελική φωνή της Δροσούλας που μου χάιδεψε το μάγουλο με τρυφερότητα.

-Δεν μπορώ... δεν μπορώ να το κάνω, ούρλιαξα κι ανασηκώθηκα.

-Μη το κάνεις τότε..., απάντησε αθώα η αδελφή μου και χαμογέλασε λάμποντας σαν άγγελος.

-Που; Πού βρίσκομαι; Ρώτησα με αγωνία κοιτάζοντας γύρω μου.

-Μην ανησυχείς είσαι σε καλά χέρια. Ένα μικρό καρδιακό επεισόδιο είχες που χάρη στην καλή σου τύχη που τη λένε Μανώλη και τον καλό σου φίλο που τον λένε Άκη τη γλίτωσες...

-Μα... πώς; Τι έγινε; Ψέλλισα;

-Ο Μανώλης είχε έλθει από το σπίτι σου. Δεν ξέρω τι ήθελε πρωί πρωί. Σε άκουσε να ουρλιάζεις, μετά δεν άνοιγες την πόρτα. Μου τηλεφώνησε κι ευτυχώς ήμουν σπίτι. Έτρεξα, άνοιξα την

90

πόρτα και σε βρήκαμε λιπόθυμο. Ο Ακης ανέλαβε στη συνέχεια και τώρα είσαι «περδίκι». Άγιο είχες που έλεγε η μαμά.

-Η θεία Αριάδνη; Ρώτησα με αγωνία.

-Μια χαρά είναι... χειρουργήθηκε το πρωί, απάντησε η Δροσούλα κι έφτιαξε το μαξιλάρι μου.

Χαμογέλασα πικρά. Τι να είχε συμβεί άραγε;

Ο Μανώλης είχε δανειστεί τα χρήματα και συμβιβάστηκε κάτω από την πίεση της ανάγκης; Ή μήπως η συνείδηση του Άκη είχε ξυπνήσει;

Δεν ήθελα να μάθω, όχι πριν γινόμουν εντελώς καλά.

Όπως και να είχε ήδη είχα αναθεωρήσει πολλά πράγματα μέσα μου.

Βέβαια το χαλί βρισκόταν ακόμα κάτω από τα πόδια μου σε εμφανές μάλιστα μέρος. Εύκολα θα μπορούσα να το σηκώσω για να χώσω από κάτω του τα σκουπίδια μου.

ΠΟΛΙΤΕΣ... ΕΝ ΔΡΑΣΕΙ.

Μια ισχυρή έκρηξη τάραξε τη βραδινή γα-
λήνη της γειτονιάς. Γυναίκες σιτεμένες,
με μπικουτί στο κεφάλι, καθώς και αρσενικά με
χαχόλικα σώβρακα πετάχτηκαν έντρομοι στα
μπαλκόνια τους. Το κτίριο του ΙΚΑ της Ν. Ιωνίας
βρέθηκε ξαφνικά χωρίς τζάμια σε πρώτη φάση,
και προφανώς χωρίς αρχεία σε δεύτερη μια κι ο
στόχος ήταν ακριβώς αυτός, γιατί η έκρηξη έγινε
στον τρίτο όροφο, στα γραφεία του αρχείου δη-
λαδή, τα οποία καίγονταν τόσο εντυπωσιακά που
θα τα ζήλευε κι ο Νέρωνας.

Οι πρώτοι τολμηροί δημότες πλαισίωσαν το
φλεγόμενο κτίριο βγάζοντας τα δικά τους πορί-
σματα για την προέλευση του «χτυπήματος»

-Μπιν Λάντεν σίγουρα, είπε ένας ηλικιωμένος
άντρας εμφανώς χαρούμενος που το ανιαρό βρά-
δυ του απόκτησε νόημα.

-Χα χα. Λες να μη του κολλούσαν ένσημα και

93

τα πήρε στο κρανίο; Απάντησε μια κυρία με πορτοκαλί καπιτονέ ρόμπα.

-Η μήπως του έκοψαν το ΕΚΑΣ; Συμπλήρωσε κάποιος άλλος γελώντας με το αστείο του.

Δίνανε και παίρνανε οι εξυπνάδες λες και γινόταν πάρτι. Όταν μάλιστα κατέφθασε κι η κάμερα το σόου πήρε διαστάσεις τηλεταινίας.

Σε μια απόμερη γωνιά, μια ηλικιωμένη φιγούρα παρατηρούσε με ενδιαφέρον τα τεκταινόμενα. Πλησίασε κάποια στιγμή έναν αστυνομικό και τον ρώτησε σιγανά αν υπήρχε κάποιο θύμα.

-Δε γνωρίζω κυρία μου, της απάντησε ο αστυνομικός. Πιστεύουμε ότι κανείς άλλος εκτός από τον φύλακα δεν ήταν μέσα στο κτίριο την ώρα της έκρηξης.

Η ηλικιωμένη γυναίκα αναστέναξε ανακουφισμένη.

-Γιατί ρωτάτε; Είχατε κάποιο γνωστό μέσα; Τη ρώτησε το «όργανο» που τον ξένισε το ενδιαφέρον της γιαγιάς.

-Γνωστός μου; Όχι. Αλλά μόνο για το «γνωστό» μου θα έπρεπε να ανησυχώ παιδί μου; Του αποκρίθηκε κι απομακρύνθηκε βιαστικά.

Η Πέρσα Πεπόνε δεν είναι ένα απλό πρόσωπο. Είναι η Πεπέ, η αρχηγός μιας ομάδας αναρχικών «της αρχαιότητας» όπως λέει η ίδια. Η δράση της αναφέρεται στη μετεμφυλιακή περίοδο, λίγο μετά το σαράντα τρία δηλαδή.

Μια «αντί» γυναίκα της εποχής της, που ασφαλώς τα χρόνια εκείνα θεωρείτο κάργα περιθώριο, και λέγονταν γι αυτήν πάμπολλες κακοήθειες.

Η Πέρσα όμως δεν ήταν παρά ένας θηλυκός Ρομπέν. Η ομάδα της χτυπούσε «επιφανείς» στόχους της εποχής. Κυνηγούσε το άδικο και... τους παντός είδους «προδότες». Ήταν αυθεντία στις αυτοσχέδιες βόμβες που εκείνη την εποχή τις κατασκεύαζε με λάμπες ηλεκτρικές, τις οποίες γέμιζε μπαρούτι και τις πυροδοτούσε με φιτίλι βουτηγμένο σε πετρέλαιο.

Στη δύση της ζωής της ζούσε σ' ένα δώμα στη Ν. Ιωνία, με μια πενιχρή σύνταξη του ΙΚΑ που είχε κληρονομήσει από τη μάνα της, παρέα μ' έξη γάτες.

Πριν μερικές μέρες η Πεπέ πήγε στην Τράπεζα Ελπίδας να εισπράξει τη σύνταξή της. Ο ταμίας της Τράπεζας την ενημέρωσε ότι ο λογαριασμός της είχε ακυρωθεί.

-Δεν το κατάλαβα αυτό. Τι θα πει είναι άκυρος; Ρώτησε.

-Άκυρος... θα πει άκυρος.

-Γνωρίζω την λέξιν νεαρέ μου. Παρακαλώ μπορώ να μάθω την αιτία;

-Άντε στο ΙΚΑ να σου πούνε γιαγιάκα. Έχουμε δουλειά εδώ.

-Γιατί εγώ δεν είμαι δουλειά σας;

-Έλα τώρα τελείωνε κι έχει κόσμο, της απάντησε με αναίδεια.

Η Πεπέ δε μίλησε γιατί όταν θυμώνει δεν ελέγχει τον εαυτό της. Έχει και μια νευροπάθεια που τη βασανίζει καιρό τώρα, κι όταν συγχύζεται παθαίνει κρίσεις με απρόβλεπτα αποτελέσματα.

Κάτι μεταξύ διχασμού προσωπικότητας και παλιμπαιδισμού λένε οι γιατροί.

Φεύγει λοιπόν από την τράπεζα και πηγαίνει κατευθείαν στο ΙΚΑ.

-Παρακαλώ θέλω να μάθω γιατί ακυρώθηκε ο λογαριασμός που εισπράττω τη σύνταξή μου, είπε ευγενικά στον υπάλληλο ο οποίος μιλούσε στο κινητό του αγνοώντας την.

-Παρακαλώ κύριε; Του μίλησε εντονότερα αυτή τη φορά.

-Μισό, δε βλέπεις ότι μιλάω; Η απάντηση του.

Περίμενε στωικά πάνω από ένα τέταρτο. Όταν επιτέλους πήρε σειρά στο ενδιαφέρον του «κυρίου» έμαθε προς μεγάλη της έκπληξη ότι ο λογαριασμός της είχε κλείσει οριστικά «λόγω θανάτου».

-Ποιος πέθανε δηλαδή; Ρώτησε εύλογα.

-Η Περσεφόνη Πεπόνε κυρία μου.

-Εγώ είμαι η Περσεφόνη, κι όπως βλέπεις δεν πέθανα, είπε οργισμένη.

-Εγώ δεν ξέρω ποιος πέθανε. Ξέρω αυτό που βλέπω στα χαρτιά μου.

-Σας παρακαλώ κύριε, δώστε λίγη προσοχή, είπε κι έβγαλε την ταυτότητά της.

-Κοιτάξτε τι λέει εδώ. Περσεφόνη Πεπόνε. Εγώ είμαι αυτή, δήλωσε δείχνοντας την ταυτότητα, κι ανέβασε τον τόνο της φωνής της.

-Τελείωνε γιαγιάκα κι έχουμε δουλειές, ακούστηκε μια θυμωμένη φωνή από την ουρά πίσω που είχε αρχίσει να μακραίνει.

-Δεν είμαι η γιαγιά σου. Σκάσε και περίμενε, του απάντησε η Πεπέ που είχε αρχίσει να ανεβάζει γκάζια.

Ο υπάλληλος εκνευρίστηκε, η Πεπέ εκνευρίστηκε επίσης, κι η «ουρά» άρχισε να διαμαρτύρεται έντονα. Τελικά αφού γίνανε τέσσερα πέντε «υπηρεσιακά» τηλέφωνα ο υπάλληλος την «διέταξε» να πάει στον πέμπτο όροφο στη κυρία Θυμού.

Η κακοξυπνημένη κυρία Θυμού της ζήτησε να κάνει μια αίτηση συμπληρώνοντας ένα μάτσο χαρτιά. Να τα πάει για πρωτόκολλο στον πρώτο, για έλεγχο στα αρχεία στον τρίτο, για υπογραφή και σφραγίδες στον τέταρτο, και να τα ξαναφέρει πίσω σ' αυτήν.

-Μα... ίσα που περπατάω καλή μου κυρία. Αν ανεβοκατεβώ τόσους ορόφους δε θα χρειαστείτε όλα αυτά τα χαρτιά, γιατί θα έχω ταξιδέψει για Πέτρο μεριά, είπε με χιούμορ ελπίζοντας να αλιεύσει ένα χαμόγελο, από την όνομα και πράγμα κυρία Θυμού.

-Και τι θέλετε; Να πάω μήπως εγώ; Απάντησε με δυστροπία η αγέλαστη κυρία.

Έκανε πέτρα την καρδιά της η Πεπέ, και με μεγάλο για την ηλικία της μόχθο, κατάφερε να συγκεντρώσει τα ζητούμενα που θα έβαζαν τέλος στην περιπέτειά της. Τελικά το πρόβλημα εντοπίστηκε στο λάθος ενός υπαλλήλου στο αρχείο, ο οποίος είχε ενημερώσει λάθος αριθμό μητρώου θανάτου. Αρκούσε δηλαδή μια απλή διορθωτική κίνηση και το πρόβλημα θα είχε ξεπεραστεί.

Η Πεπέ επέστρεψε στον πέμπτο δικαιωμένη και θεωρώντας το θέμα λήξαν. Αμ' δε όμως. Η κυρία Θυμού θεώρησε πρέπον να έχει και την πιστοποίηση της ταυτότητας της κυρίας Πεπόνε, καθότι η ταυτότητα είχε βγει δεκάδες χρόνια πριν και η φωτό δεν έμοιαζε με την ηλικιωμένη γυναίκα, που τυπικά τουλάχιστον θεωρείτο πεθαμένη. Άρα η Πεπέ έπρεπε να πάρει από την αστυνομία που είχε βγάλει την ταυτότητα της, βεβαίωση, «για να μη πω καινούργια ταυτότητα», της είπε η Θυμού με εισαγγελικό ύφος, κάνοντας της παράλληλα και χάρη...

-Μα... το λάθος ήταν δικό σας, διαμαρτυρήθηκε η Πεπέ. Τι δουλειά έχει τώρα η ταυτότητα; Μ' αυτήν εισπράττω τα χρήματα χρόνια τώρα.

-Κακώς, πολύ κακώς... απάντησε ο «δικτάτωρ» Θυμού, και πήρε τον επόμενο «πελάτη» χωρίς άλλη κουβέντα.

Αυτό ήταν, το μυαλό της Πεπέ πήρε ανάστροφες. Το νευρικό της σύστημα χτύπησε κόκκινο. Σηκώθηκε αργά και χωρίς να πει κουβέντα έφυγε από την υπηρεσία έχοντας μαζί της τον θυμό της κυρίας Θυμού, και την αγένεια των συναδέλφων της.

Περπάτησε στον δρόμο νιώθοντας το κεφάλι της να βουίζει. Τα νεύρα της τεντώθηκαν επικίνδυνα. Η κρίση ερχόταν το δίχως άλλο.

Το ίδιο βράδυ μια λεπτοκαμωμένη φιγούρα τρύπωσε απ' την πίσω πόρτα του ιατρείου στο ισόγειο του ΙΚΑ. Ανέβηκε τα σκαλιά κι έφτασε στον τρίτο όροφο. Με κινήσεις «ειδικού» έβγαλε από την νάιλον μπλε σακούλα που κρατούσε μια λάμπα γεμάτη μπαρούτι. Την έβαλε κάτω από το κεντρικό μηχάνημα του υπολογιστή κολλώντας την με στόκο, έβγαλε κι άλλη μία που την τοποθέτησε μέσα στο ντουλάπι του αρχείου. Έβαλε άλλες δυο τρεις σκόρπιες εδώ κι εκεί, έπειτα μ' ένα μεγάλο φιτίλι ένωσε όλες τις αυτοσχέδιες βόμβες μαζί.

Στη συνέχεια πήρε στα χέρια της το τηλέφωνο σχηματίζοντας το νούμερο της αστυνομίας.

Σας ενημερώνω, είπε, ότι σε λίγα λεπτά στο ΙΚΑ Ν. Ιωνίας θα γίνει έκρηξη. Φροντίστε να μην είναι κανείς μέσα στο κτίριο. Λέγομαι Πεπέ.

Ο αστυνομικός ακούγοντας τη φορτωμένη χρόνια φωνή της γυναίκας την πρόγκιξε.

-Πήγαινε να κοιμηθείς γιαγιάκα κι άσε την πλάκα. Άντε γιατί θα σε κλείσω μέσα και δεν κάνει στην ηλικία σου, της είπε.

-Αλήθεια σας λέω, επέμεινε η Πεπέ. Θα εκραγεί βόμβα στο κτίριο, φροντίστε να εκκενωθεί ο χώρος. Αν κάποιος σκοτωθεί θα είναι ευθύνη σας. Το όνομά σας παρακαλώ; Του είπε αυστηρά.

-Χα,χα!!! Πεπίτο Γκονζάλες κυρία Πεπέ. Φίλος του Τζιμ Άνταμς του μικρού Σερίφη, αποκρίθηκε γελώντας δυνατά το «όργανο» και της έκλεισε το τηλέφωνο.

Από την έκρηξη τραυματίστηκε, ευτυχώς ελαφρά, ο Φύλακας του κτιρίου. Λίγο μετά την έκρηξη η νεοεμφανιζόμενη οργάνωση Π.Ε.Π.Ε ανέλαβε την ευθύνη της βομβιστικής επίθεσης με τηλεφώνημά της στο αστυνομικό τμήμα. Το ανακοίνωσε ο τύπος την επομένη μέρα.

Μια λεπτοκαμωμένη φιγούρα μπήκε στην Τράπεζα Ελπίδας λίγες μέρες αργότερα κρατώντας μια μπλε νάιλον σακούλα στο χέρι της. Πήρε αριθμό προτεραιότητας και κάθισε στην ουρά με υπομονή. Η σύνταξη της δεν είχε φτάσει ούτε σήμερα.

Ο λογαριασμός σας είναι άκυρος, της είπε βλοσυρά ο ταμίας.

Δεν έκανε κανένα σχόλιο. Στράφηκε πίσω και με ήρεμο βήμα αποχώρησε.

Παρακαλώ πολύ... είναι ανάγκη να πάω στην τουαλέτα σας, είπε φεύγοντας στον σεκιουριτά που τριγυρνούσε χαζολογώντας εδώ κι εκεί.

-Δεν έχουμε τουαλέτα για τους πελάτες βρε γιαγιά. Τέλος πάντων... έλα να σου δείξω που είναι, είπε και την οδήγησε στο υπόγειο δείχνοντάς της την τουαλέτα του προσωπικού.

Η «γιαγιάκα» μπήκε μέσα ανέκφραστη και με μια χαλαρή κίνηση πέταξε το μπουκαλάκι με τα χάπια που έπαιρνε για τα νεύρα της στη λεκάνη.

-Καταστολή τέλος! ψιθύρισε.

Μια ισχυρή έκρηξη στο υπόγειο της Τράπεζας Ελπίδας έσπειρε τον πανικό σε προσωπικό και πελάτες. Ζημιές ή θύματα δεν έχουν ακόμα αναφερθεί. Πληροφορίες αναφέρουν ότι βρέθηκε προκήρυξη της νεοεμφανιζόμενης τρομοκρατικής οργάνωσης Π.Ε.Π.Ε. Είπε σε έκτακτο δελτίο ειδή-

100

σεων το ραδιόφωνο κι η τηλεόραση.

Η Πεπέ κρατώντας στα χέρια της ένα χαρτί γέλασε τρελά και τα μάτια της έλαμψαν παράξενα. Έβαλε φαγητό στο πήλινο πιατάκι των γατιών, πήρε τη νάιλον μπλε σακούλα που είχε ακουμπισμένη στο τραπεζάκι του χολ, άνοιξε την πόρτα της και βγήκε προς άγνωστη κατεύθυνση.

«Παροπλισμένοι Επικίνδυνοι Πολίτες Εν Δράσει». Μια νέα κι απρόβλεπτη κατηγορία «τρομοκρατών» ξεκινούσε τη δίκαιη δράση της. Καιρός ήτανε...

ΦΤΑΙΕΙ Ο ΦΟΝΙΑΣ;

«Αρχοντογιός παντρεύεται μια έμορφη λαφίνα...»

Ο γάμος έγινε με δόξα και τιμή. Τριαντάρης ο αρχοντογιός ενάμισι μέτρο μαζί με το σκαρπίνι. Σκάρτα δεκατέσσερα η λαφίνα με τέσσερα αδέρφια πίσω της, δυο μπρος της, κι ένα στην κοιλιά της μάνας της.

Αναλώσιμο είδος τα «τσουπιά» στο ορεινό Αψένι, και μάλιστα τσουπιά λαχταριστά όπως η Ασπασία.

-Σας τήνε δίνουμε ευχαρίστως, είπε ο κυρ Μήτσος ο μπαμπάς της σαν ήρθανε τα προξενιά. Ν' αδειάσει κι ένα κρεβάτι, σκέφτηκε κρυφοχαμογελώντας.

-Μικρή δεν είναι Μήτσο μου; Αντέδρασε η καρδιά της μάνας Μήτσαινας.

Τι μικρή; Θα μεγαλώσει. Τώρα ήρθε η τύχη της.

-Μα δεν τον ξέρουμε τον Βαγγή. Μεγάλος της

είναι. Θα τήνε πάρει και μακριά μας..., διαμαρτυρήθηκε ξανά η Μήτσαινα.

-Πάψε Μήτσαινα μη σε παρ' ο διάολος, αγρίεψε ο Μήτσος.

Σούζα η κυρά.

Πήρε την λαφίνα ο αρχοντογιός στα μέρη του και την έκανε κουνέλα.

Μεροκάματο στα χωράφια η Ασπασία, και παιδιά, και ζωντανά, και μποστάνι ολημερίς. Νύχτωνε κι ήταν «γκολ» από την κούραση.

Καφενείο ο Βαγγής, πρέφα και μαγκιά και τσίπουρα. Νύχτωνε και μόνο σεξ τράβαγε η ψυχή του. Κι αν η Ασπασία το αρνιόταν, της έριχνε και καμιά φάπα για να τη συνετίσει.

Ήρθε και κόρωσε μια μέρα η Ασπασία, πήρε τα παιδιά και γύρισε στο Αψένι.

-Στον άντρα σου γρήγορα μη σε τσακίσω στο ξύλο, ήταν η αρωγή του μπαμπά Μήτσου. Σούζα η μαμά Μήτσαινα.

-Έτσι είναι οι άντρες παιδί μου. Έχε υπομονή. Ζωή είναι θα περάσει... ήταν η συμβουλή της.

Γύρισε πίσω η Ασπασία μη έχοντας άλλη επιλογή, αλλά η ντροπή του Βαγγή ήταν ήδη μεγάλη. Μα να του φύγει η γυναίκα; Του Βαγγή; Αίσχος.

Κουτσομπολιά και χαχανητά στο χωριό, και κακοήθειες και λόγια, κάνανε τον Βαγγή να τα μαζέψει και να κατέβει στο «Κλεινόν Άστυ».

-Εσύ φταις για όλα. Εσύ κι οι πράξεις σου, είπε στην Ασπασία. Να πα να βρεις δουλειά και συ και τα παιδιά σου.

Τους έβγαλε λοιπόν όλους στην «παραγωγή» και την πέρναγε κουφέτο. Δικτυώθηκε μια χαρά στους καφενέδες της πόλης. Πρέφα τσίπουρο και ξάπλα ο Βαγγής. Σφουγγαρόπανο και υπομονή, υπομονή και σφουγγαρόπανο η Ασπασία.

-Βρε Ασπασία πως τον αντέχεις; Της είπε μια μέρα η Φωφώ που δούλευε γραμματέας στο γραφείο που καθάριζε η Ασπασία.

-Είναι το στεφάνι μου Φωφώ, το στεφάνι μου. Έχω αρχές από τους γονιούς μου εγώ, βαυκαλιζόταν η Ασπασία.

-Τι στεφάνι και μαλακίες βρε Ασπάκι; Διώχτο το παράσιτο, της έλεγε η κυρία Δανάη που ήταν και το αφεντικό.

-Α πα πα. Έχω αρχές εγώ, έλεγε και ξαναέλεγε.

Ήταν αρχές Δεκέμβρη. Ο Βαγγής έπινε τσίπουρα σε κάτι φιλαράκια στο Μπραχάμι. Έπιναν κι έτρωγαν από το πρωί. Τρία κιλά λουκάνικο, λαρδί, παστρουμά και λακέρδα. Κτηνώδης κατάσταση. Ήρθε και μπούχτισε κάποια στιγμή κι αποφάσισε να βρει το δρόμο για το σπίτι του.

Βγήκε έξω και πήρε βαθιές ανάσες. Το στομάχι του βαρύ κι όλα γύρω του θολά. Στάθηκε σε μια άκρη αδειάζοντας το λουκάνικο στο δρόμο. Παράλληλα έβγαλε και το πουλί του κι άρχισε να ποτίζει το δέντρο με αμμωνία.

-Τι κάνεις εκεί βρε αλήτη; Ακούστηκε μια φωνή πλάι του.

-Μπα τι κάνω δηλαδή; Απάντησε με αναίδεια, αφήνοντας ένα προκλητικό ρέψιμο.

-Άντε να χαθείς ανάγωγε. Κρίμα στη γυναίκα που σ' έχει, του πέταξε απαξιωτικά στα μούτρα.

-Όπα; Πού την ξέρεις τη γυναίκα μου; Απάντησε τραυλίζοντας.

-Άντε χάσου μεθύστακα, του αποκρίθηκε ο άντρας και γύρισε να φύγει.

Ο Βαγγής, που το μυαλό του τελούσε υπό σύγχυση λόγω αλκοόλ, έκανε μια μεγάλη δρασκελιά με επιθετικές διαθέσεις, προς τον άντρα που τόλμησε να «πιάσει στο στόμα» του την Ασπασία του. Δεν υπολόγισε όμως καλά το βήμα του, πήρε δυο άτσαλα οχτάρια και σωριάστηκε κάτω χτυπώντας με δύναμη το κεφάλι του στην τσιμεντένια κολόνα που βγήκε «η άτιμη» ξαφνικά μπροστά του.

Στο Ασκληπιείο Βούλας μεταφέρθηκε ο Βαγγής σε άσχημη κατάσταση. Το χτύπημα στο κεφάλι ήταν σοβαρό, και τα πλευρά του σπασμένα.

Δεν της έφταναν όλα τ' άλλα της δόλιας της Ασπασίας, άρχισε τα δρομολόγια. Βούλα-Κυψέλη, Κυψέλη-Βούλα. Και σφουγγαρόπανο, και σκάλες, και γραφεία. Και μια γρίνια ατελείωτη μαζί με απειλές από το Βαγγή, που της υποσχόταν ότι, μόλις γίνει καλά αλίμονό της για όσα τραβάει.

-Τι φταίω εγώ άντρα μου; Το μυαλό σου έφταιξε. Στο είπα ότι το πιοτό μια μέρα θα σε καταστρέψει, του έλεγε καλοπροαίρετα η Ασπασία που τον συμπονιόταν κατά βάθος για τα χάλια του.

-Εσύ! Εσύ φταις που μ' ανάγκασες να έρθω στη βρωμόπολη. Αν ήμουν στο χωριό μου τίποτα δε θα συνέβαινε. Εσύ φταις, θα σε φτιάξω εγώ μόλις σηκωθώ που βρήκες ευκαιρία και βγάζεις γλώσσα, θα στα σπάσω τα παγίδια για να ιδείς τι θα πει πόνος, την απειλούσε.

Η Ασπασία δε μιλούσε, μόνο φόρτωνε και φόρτωνε.

-Εγώ αν ήμουνα στη θέση σου, θα του τράβαγα το σωληνάκι. Άμα πια, το τέρας! της έλεγε συνέχεια η Φωφώ που την έβλεπε ράκος καθημερινά. Δεν του αξίζει να ζει, ένα παράσιτο είναι καλή μου. Τράβα το να ησυχάσεις επιτέλους, κανένας δε θα το πάρει είδηση.

-Τι λες κυρία Φωφώ; Απαντούσε τρέμοντας μόνο με τη σκέψη. Να τον σκοτώσω δηλαδή; Να σκοτώσω άνθρωπο; Α πα πα πα. Αμαρτία είναι και που το λες μέρες που 'ρχονται. Αμαρτία μεγάλη!

-Κι αυτά που σου κάνει δεν είναι αμαρτία βρε; Ούτε τα παιδιά του δεν τον θέλουν πια. Έχουν πάρει τους δρόμους. Θα τα χάσεις κι αυτά μια μέρα. Γι αυτό σου λέω, τράβα το να πάει στο διάολο...

Παραμονές ήταν Χριστουγέννων. Πτώμα από την κούραση η Ασπασία μισοκοιμόταν στο λεωφορείο πηγαίνοντας στο νοσοκομείο. Ένας ρακένδυτος Αγιοβασίλης μπήκε από τη στάση τραγουδώντας τα κάλαντα με το χέρι απλωμένο. Άθλια Χριστούγεννα. Τα μάτια της γέμισαν δάκρυα και παράπονο. Σκέφτηκε τα παιδιά της. Ποιος ξέρει που να εκτονώνουν τον θυμό τους κι αυτό το βράδυ. Άδικη που είναι η ζωή γαμώ το. Άδικη. Άδικη.

-Μπα; Βρήκες το δρόμο μωρή; Μου 'φερες τσιγάρα; Ακούστηκε κακιασμένη η φωνή του διασωληνωμένου ακόμα Βαγγή.

-Δεν κάνει, σου είπα, να καπνίσεις. Δεν το καταλαβαίνεις; Δεν κάνει. Παράτα με επιτέλους, μ' έχεις φτάσει στα όρια μου, του απάντησε με θυμό.

-Δεν κατάλαβα. Τι ύφος είναι αυτό; Για έλα κοντά, θέλω να σου πω κάτι, διέταξε ο «αφέντης» που διέκρινε αντίδραση στη φωνή της γυναίκας.

Η Ασπασία υπάκουσε, και μηχανικά έσκυψε πάνω από το κεφάλι του. Με μια απότομη κίνηση το χοντρό κεφάλι του Βαγγή ανασηκώθηκε δίνοντας ένα δυνατό χτύπημα στο πρόσωπο της Ασπασίας.

-Να, για να μάθεις πουτάνα. Θα σε σκίσω μόλις σηκωθώ απάνου.

Τσίριξε και τα μάτια του πέταξαν σπίθες. Η Ασπασία έμεινε ακίνητη. Ένα καυτό υγρό ρυάκι έτρεξε από το μέτωπό της φτάνοντας στο στόμα της. Άγγιξε απαλά το πρόσωπό της και τα δάχτυλά της γέμισαν αίμα. Ταράχτηκε. Τα μέλη της μούδιασαν. Τον κοίταξε ανέκφραστη. «Τράβα το, τράβα το» ήχησαν στ' αφτιά της τα λόγια της Φωφώς, «Τράβα το να ησυχάσεις, τράβα το».

Κοίταξε γύρω της. Το δωμάτιο ήταν άδειο από επισκέψεις. Ο παππούς στο βάθος ήταν σε κώμα από εγκεφαλικό μέρες τώρα, και δεν είχε επαφή με το περιβάλλον. Έκλεισε τα μάτια και προχώρησε πάνω από το κεφάλι του Βαγγή ο οποίος την παρακολουθούσε θορυβημένος από το ύφος της.

-Τι κάνεις εκεί μωρή; Τη ρώτησε φοβισμένος.

-Σκάσε! του απάντησε με βροντερή φωνή, κι έπιασε με το ματωμένο χέρι της όλα μαζί τα καλώδια και τα σωληνάκια που ήταν συνδεμένα με τον Βαγγή. Ένα χαμόγελο πλάτειασε στα χείλη της φωτίζοντας παράξενα το πρησμένο πρόσωπό της...

Το τραβάς το σωληνάκι; Η δεν το Τραβάς;

λίγα λόγια για τη συγγραφέα...

Γεννήθηκα και μεγάλωσα στην Αθήνα και ζω στην Αίγινα. Σπούδασα Οικονομικά και Διοίκηση Επιχειρήσεων. Παρακολούθησα επίσης μαθήματα δημοσιογραφίας και αρθρογραφώ ερασιτεχνικά σε ηλεκτρονικά περιοδικά, περιφερειακές εφημερίδες και έντυπα.

Είμαι μέλος της «Παγκρητίου Ενώσεως», και μέλος του συλλόγου Κρητών Ζωγράφου «Νίκος Καζαντζάκης». Επίσης, είμαι μέλος της μη κυβερνητικής Οργάνωσης για τον Πολιτισμό «ΑΡΓΟ-ΝΑΥΤΕΣ» και Τακτικό μέλος του «Κύκλου Ελληνικού Παιδικού Βιβλίου» Διηγήματα και ποιήματα μου έχουν δημοσιευτεί σε περιοδικά, εφημερίδες καθώς και σε ηλεκτρονικά έντυπα.

111

άλλα έργα της

«Τρομερές ιστορίες του Στίλη Τριφύλη». Τόμος 1-2-3, παιδική λογοτεχνία.

«Της Μεσημβρίας Μύθοι.» Εφηβική λογοτεχνία.

«Του λύκου ή του μαχαιριού». Διηγήματα.

«Θεοί με πήλινα πόδια». Αληθινή ιστορία.

«Μη ξεχάσεις το κλειδί πάνω στην πόρτα». Μυθιστόρημα.

«Ο χορός των θεριστών». Μυθιστόρημα.

«Αθώος σαν το διάβολο». Μυθιστόρημα.